# 조용한 도전과 열정

# 조용한 도전과 열정



제1판 제1쇄 찍음_ 2014년 4월 10일
제1판 제1쇄 펴냄_ 2014년 4월 15일

지은이_ 박명자
펴낸이_ 이영희
펴낸곳_ 도서출판 이미지북
등록번호 : 제2-2795호(1999. 4. 10)
주 소 : 서울시 강남구 논현로113길 13 (논현동) 우창빌딩 202호
대표전화 : 02) 483-7025, 팩시밀리 : 02) 483-3213
전자우편 : ibook99@naver.com

ISBN 978-89-89224-23-5 03810



이 도서의 국립중앙도서관 출판시도서목록(CIP)은 서지정보유통지원시스템 홈페이지(http://seoji.nl.go.kr)와 국가자료공동목록시스템(http://www.nl.go.kr/kolisnet)에서 이용하실 수 있습니다.(CIP제어번호 : CIP2013028544)

# 조용한 도전과 열정

박명자

이미지북

# 도전과 열정으로 걸어온 길

시간 날 때면 쓴 작품들을 정리하여 책을 펴냅니다. 부끄러운 중에도 설렘과 기쁨이 잔잔히 밀려옵니다. 아울러 지인들께서 정성껏 써주신 글을 함께 정리하자니 소중한 느낌이 더 그윽하게 스며듭니다.

돌아보면 참 많은 일이 있었습니다. 직함도 여럿 있었습니다. 그런데 제게 주어졌던 그 직함들이 그때그때 그 자리에서 저를 일으켜주고 성장시켜주었다는 생각이 듭니다. 그래서 많은 이들에게 고개를 숙이곤 합니다.

저는 1945년 6월 1일 수원시 팔달구 팔달로 2가 67번지에서 출생한 뒤, 70년 동안 수원을 한 번도 떠나지 않고 살았습니다. 수원에서 가정을 꾸몄고, 아이를 키우며 수원 사회 속의 여러 사람들과 인연을 맺으며 지내왔습니다. 결혼 후에도 직장생활과 사회활동을 하는 사이 어느새 고희라는 나이에 이르렀습니다.

저는 수필가로 등단도 했습니다(1991년 월간 〈문학예술〉 신인작품상 당선). 하지만 글을 쓴다는 것이 쉽지만은 않았습니다. 당시 쓴 수필 「겉모습 지우기」를 보면서 더 좋은 수필을 쓰자는 다짐도 잠시, 다시 바쁜 일정 속에 묻히는 나날이었습니다. 그렇다 보니 글쓰기 대신 사회활동에 더 많은 도전과 열정을 쏟아 부을 수밖에 없었습니다.

도전과 열정으로 사회활동을 할 수 있었던 게 참 감사한 일입니다. 특히 늘 버팀목이 되어준 남편 그리고 아들과 며느리에게는 고마운 마음뿐입니다. 또 예쁘게 잘 커준 손녀 주원이를 보면서도 고맙다는 생각입니다. 요즘 주원이와 통화하는 매일 저녁의 시간이 제일 행복합니다.

이 책이 나오기까지 옥고를 주신 모든 분께 감사드립니다. 아름다운 책을 만들기 위해 출판에 도움을 준 정수자 시인께도 감사드립니다. 그동안 저는 많은 사랑과 도움을 받으며 여기까지 왔다는 생각을 다시 해봤습니다.

이 책을 읽는 모든 이가 어제보다 오늘, 오늘보다 내일 더 행복하시기를 바랍니다. 그 속에 하나님의 은총이 함께 하시기를 기원합니다.

2014년 3월, 어느 저녁 연무동에서

박 명 자

| 발 문 |

# 수원 깍쟁이 박명자

홍기헌_ 전 수원시의회 의장

우리 전통사회의 속성이랄까. 유서 깊은 전통적 도시의 색깔은 그렇게 저렇게 구전으로 떠도는 옛날 옛적 얘기가 많이 전래되고 있다. 21세기를 사는 우리들에게도 그 옛날 옛적 얘기는 크게 변하지 않는 것이 우리의 현실이다.

수원 깍쟁이라는 말이 있다. 그 표현에 잘 어울리는 사람이 바로 박명자다. 그만큼 박명자는 수원 깍쟁이다운 그녀만의 색깔을 갖고 있다. 수원 깍쟁이라는 별칭이 생긴 것도 전통 역사에서 기인한 것이라기보다는 그 당시 상황과 맞물린 야사에서 비롯된 일이란 추측이 훨씬 설득력 있게 들린다.

사실 6·25 한국전쟁 이후 정치권을 제외하고 수원 사회를 움직이는 일반적인 정서는 그렇게 눈에 보이지 않는 시민운동이 그 축을 이루고 있었다. 따라서 1950년대 이후 수원을 움직이는 민간단체 중 수원상공회의소, 수원문화원, 수원청년회의소를 빼놓을 수 없는 중추 단체였다.

관 주도 형태의 문화원 운동도 수원에서 제일 먼저 민간주도의 시민문화운동으로 꽃을 피웠고, 그 중심에는 작고하신 김승제 문화원장이 있었다. 상공회의소 위원, 수원청년회의소 회장을 역임한 그가 수원문화원장으로 시민문화운동의 깃발을 꽂을 때 소리 없는 일등 공로자가 바로 수원 깍쟁이 박명자였다.

박명자에게는 아주 평범하고 아주 온순한 그녀만의 철학이 있다. '꼭 이루겠다고 노력하노라면 자연히 갖가지 어려움이 따르겠지만 그래도 이루어 낼 수 있다'는 것이다.

수원문화원 사무국 서무담당으로 출발한 그녀의 사회생활은 일견 별다른 우여곡절이 없어 보인다. 그녀의 반듯한 외모 때문이기도 하려니와 오로지 여성운동 한 곳에만 몰두해 온 그녀의 전력 때문인지도 모른다. 수원 최초의 여성단체인 '단추꽃' 모임의 출범이 바로 그것이다. 옹골찬 내면의 의지가 소리 소문 없이 순수한 여성단체를 출범시킨 것이다.

정치적 용도에 따라 부침을 거듭하던 다른 여성단체와는 다르게 오직 여성, 주부, 현모양처, 그것뿐이었다. 정치색을 띤 요즘의 사회단체와는 그 내용이 판이하게 달랐다. 단추꽃은 혼자서 피지 않고 늘 여럿이 어울려 피고 조화를 이루며, 여름부터 늦가을까지 꾸준히 피고 지는 우리 야생초로

천일초 또는 천일홍이라 부른다. 향기는 요란하지 않고 꽃으로서의 품위와 아름다움을 갖춘 아주 순박하고 믿음직한 꽃으로 사랑 받아온 우리의 들꽃이다. 꼭 그녀의 인생을 닮았다. 단추꽃회 회장을 맡으면서 조용히 그러나 담대하게 수원 여성의 힘을 키워온 것이다.

처녀 시절의 박명자는 그렇게 문화예술을 통한 여성운동의 선각자였다. 수원여고 연극반장에서부터 수원문화원을 거쳐 걸스카우트경기연맹 사무국장으로 활동하기까지 그녀는 늘 평온했다. 그러나 평온·고요 속의 또 다른 내면에는 언제나 새로운 여성들의 몫에 대한 극심한 갈증이 있었던 것으로 보인다.

새누리당의 전신인 신한국당 여성부장으로 일선에 나선 그녀의 변화는 이미 다소곳하기만 했던 조용한 여성의 이미지는 아니었다. 그때부터 필자와는 본격적인 교류가 있었던 것 같은데, 경기도 여성정책국장과 언론사 대표와는 또 다른 긴장된 관계가 필요했다.

늘 당당했던 그녀에게서 새로운 이미지를 발견한 것도 그 무렵, 경기도의회 의원을 거쳐 수원시의회 의원으로 맹렬한 활동을 보일 때였다. 그때 나는 수원시의회 의장이었다. 언제나 박명자 의원의 주변은 화기 넘친 잔잔한 미소가 있었다. 의원으로서의 품위와 예를 갖춘 그녀의 부드러움 속에 또 다른 강렬함을 나는 보았다. 그리고 또 다른 옹골찬 의지가 숨어 있었음을 나는 늘 외경의 눈길로 지켜보았다.

후배 의원들에게는 이미 지역의 큰누님이 되어 있었다. 협상의 귀재라고도 불렸다. 누구 하나 상처주지 않고 원만한 품격 있는 대화를 최상으로 꼽았다. 온순한 목소리에 담겨져 있는 단호한 의지는 늘 후배 의원들의 귀감이 되었고, 열정적인 그녀의 직설 토론은 물론 토닥토닥 등 두드려주는 큰누나의 호방함도 함께 갖춘 진정한 여성 지도자이다. 작고 큰 지역의 현안들은 언제나 수원의 큰누님 박명자 의원과 상의하고 그 가르침을 따랐다.

제8대 수원시의회 비례대표 의원이었던 그녀는 재임 4년 동안 9건의 의정 발의를 통해 당시 수원시의회를 대표할 최상의 활동 역량을 보였다. 특히 시의회 발의를 통해 저출산장려운동을 전개하면서 장애인출산장려금제도를 제정하는 등 낮은 곳에서의 의정활동은 더욱 우리를 감동시켰다.

그 과정에서 반대하는 의원이나 집행부를 설득하고 이해시키는 진정성 있는 노력을 의회 의장으로서가 아니라 지역 선후배로도 충분히 엿볼 수 있다. 목소리 크게 화를 낸 적도 없다. 얼굴 붉히며 상대를 꾸짖는 일도 없다. 조용조용 모든 일의 앞뒤를 살피는 이, 그래서 늘 존경받는 이가 박명자 의원이었다.

어느새 70이란다. 100세 시대를 보면 이제 후반기 인생의 출발일 뿐이다. 나는 아직도 그녀를 보면 "야! 70 먹은 칠순의 소녀! 아직도 곱다, 곱구나." 이렇게 감탄사를 보낸다.

## 제1부 글 속의 삶, 삶 속의 글

## 제2부 의정활동 및 사회활동

## 제3부 언론의 창에 비친 박명자

## 제4부 지인의 눈에 비친 박명자

# 제1부

# 글 속의 삶, 삶 속의 글

# 겉모습 지우기

사회단체에서 함께 일했던 선배의 이야기가 생각날 때가 많다. "내가 한 십 년만 젊어진다면 얼마나 좋을까"라는 아쉬움 섞인 푸념이었다. 나는 그때 30세 문턱을 바라보는 나이였고, 그 분은 50대를 시작하는 황혼의 나이였다.

그때는 "십 년만 젊다면"하는 그 분의 말뜻을 이해하지 못했다. 나도 저 나이가 되면 항상 고운 목소리에 접시꽃처럼 온화한 모습으로 늙어가야지 하고 부러워했기 때문이다.

그런데 이제 나도 그 분의 나이가 되어버렸고, 그때 가졌던 그 마음이 조금 성급했다는 생각이 든다. 내 마음의 밑바닥까지 훑고 지나가버린 소중한 시간들에 대한 아쉬운 감정도 있지만, 현재의 내 모습이 그 분처럼 되어 있느냐 하는 반성 때문이다. 거울 앞에 선 내 자신의 모습에서 오는 씁쓸한 허탈감 같은 것이리라!

나는 지금까지 자기 발전이라는 스스로의 굴레 속에서 힘든 시간을 남모르게 채찍질해 온 것이 내 생활의 전부였다. 그 분의 흔들림 없는 안정된 마음의 여유가 부러워 내 자신의 미래 모습을 투영하며 자기 발전으로 돋우고 있었던 것이다.

그때의 내 짧은 생각이었지만, 그 분의 곱고 아리따운 자태에서 여유롭고 안정된 한 여인으로서의 성숙하고 넉넉한 모습을 발견했다. 그 모습이 내 젊음이나 패기만으로는 비교할 수 없는 고매한 덕목의 소치로 보였던 것이다.

그런데 세월은 나를 이만치 밀려오게 만들었다. "인생은 흐르는 물과 같다"는 말처럼, 어느새 오십을 바라보는 아낙으로 변모했다. 희끗희끗한 머리에 신경을 곤두세우고, 볼연지며 립스틱의 힘을 빌려 나이보다 젊게 보이고 싶은 여성으로 변한 것이다.

아니 눈가에 잡힌 얇은 주름살은 지나간 추억의 앨범 속 사진들처럼 얼굴의 윤기를 잃게 한다. 한 줌 가득했던 그 소중한 시간들이 손아귀 사이로 스르르 빠져나간 듯 허탈감도 느낀다.

아무것도 가진 것이 없는 것 같은 허탈감. 이 나이가 되면 누구나 느낀다는, 모두가 훌쩍 떠나가버린 듯한 쓸쓸함. 몇 해 전까지만 해도 생각할 수 없었던 이런 마음들이 요즘 들어 갑자기 내 상념 수위를 넘고 있다. 나도 모르게 변해가는 내 모습에 놀라 소중했던 시간들을 다시 돌아보게 된다.

'난 지금 어디쯤 와 있는가?' '여기서 난 무얼 더 해야 하는가?' 등을 생각하면 은하수처럼 수많은 상념들이 내 얼굴의 주름살만큼이나 불안하고 초조하게 만든다. 아이들도 다 성장해 제 갈 길이 바쁘고, 머지않아 하나 둘 총총히 둥지를 떠나는 새처럼 점점 멀어지게만 느껴지기 때문일까?

내가 이렇게 허전하고 쓸쓸한 상념에 사로잡혀 있는 동안, "십 년만 더 젊다면"하는 선배의 말을 이해하면서도, 딴에는 그런 모습이 우리들의 가장 소박한 실체가 아닌지 되새겨지기도 한다.

그것은 우리가 무언가 소유한다는 그 개념보다 이 나이엔 무언가 다 주었을 때의 기쁨, 그런 넉넉한 마음의 여유가 있기 때문이다. 마치 늦가을 텅 빈 들판이 한량없이 쓸쓸하게 보이긴 해도 큰 하늘에 끝없이 맞닿은 지평선이야말로 우리들의 충만한 가슴 그것 아니겠는가?

그렇다. 인간은 언제나 혼자인 것, 한창 젊었을 때 멋모르고 열심이었던 모든 순간들이 다 이렇게 넉넉하고 호젓한 가슴을 마련하기 위한 준비가 아니었나 하는 생각도 든다.

지나간 것이 마냥 그립고 아쉬운 것은 어떤 젊음에 대한 회귀본능도 있을 것이다. 그 소중했던 순간들이 지금은 성숙한 인간이고자 하는 자아 발견의 순성한 깨달음을 위한 하나의 과정처럼 느껴진다.

자신을 하나 둘씩 허물어버림으로써 더 크게 더 넓은 가슴을 갖게 되는 풍요로움 같은 인간애의 발견, 모든 것을 다

바침으로써 삶이 충만해질 수 있는 충일감 같은 것이리라.

남에게 보이는 내 모습도 소중하지만, 그보다 먼저 한 점 부끄러움이 없는 스스로의 모습을 남에게 다 내어주고 새롭게 태어나는 한 인간의 참된 모습을 발견하는 것은 참으로 귀중한 것이리라.

스스로 자신의 겉모습을 지움으로써 참된 삶의 모습을 되찾을 수 있다면, 인간이 인간답게 살다가는 참 모습이 아니겠는가.

# 버릴 수 없는 나의 버릇

사람들마다 오랜 세월 동안 몸에 밴 나름대로의 습관이 있다. "세 살 버릇 여든까지 간다"는 속담에서 보듯, 문화나 생활 속에서 혹은 주변 환경에서 비롯된 것들이 내 몸에 배는 것이다.

어떤 이는 "버릇은 추억을 간직하고 있다는 증거"라고도 했다. 자신의 신념과 다른 주장은 아예 접하려 하지 않고, 기억하려 하지 않고, 행동하려 하지 않기에 점차 습관의 노예가 되어 살아가는 것이다.

이 작은 버릇들이 본래의 '나' 외에 어떠한 관습에 얽매이게 하고, 고정관념의 틀 속으로 빠져들게 해 자신의 개성 있는 삶을 영위하게도 한다. 똑같은 버릇이 어떤 이에게는 약점이 되기도 하고, 또 어떤 이에게는 더 돋보이게 하는 역할을 하는 것이다.

내 핸드백은 보통 여성들이 들고 다니는 것보다는 조금 큰 가방이라는 표현이 더 잘 어울리는 것들이 대부분이다. 그 가방 속에는 내 단상들이 항상 가득 들어 있다. 오랜 직장 생활로 인한 사무적인 일상에서 유연함을 잃지 않기 위해 가방 속 메모지를 꺼내 언제 어디서나 짧은 편린들을 메모해 보관하는 것이다.

"메모는 인생을 바꾸는 힘이다"라는 말처럼, 그 내용이 사실적이든 감상적이든 훗날 중요한 자료가 되어주기도 하고, 글을 쓰는 데 그때 그곳으로 나를 이끌어 기억을 생생하게 떠올려주는 안내자 역할을 하기도 한다.

개인적인 시간을 한가롭게 가져 볼 만큼 여유가 허락될 때가 드물었던 나. 온종일 조직 속에서 생활하다 집으로 돌아오면 주부로서 가족을 위해 저녁을 준비하고, 식사 후 각자 잠자리로 들어가고 나면 작은 동그란 상을 넓은 거실에 펼치고 본래의 나로 돌아오는 자유를 얻는다.

가방 속에 보관했던 메모지들을 꺼내 하나하나 살펴볼 때쯤이면 나른함 속에서 또 다른 신선함을 발견하게 된다. 새롭게 나 자신을 보면서 하루의 피로를 말끔히 씻어내는 충만한 순간을 경험하게 되는 것이다.

내가 글을 쓰려고 할 때는 작은 동그란 상 앞에 앉게 만든다. 틈틈이 시간을 내어 글을 써야 하는 나로서는 오래된 이 상이 그 어떤 것보다도 훨씬 든든한 친구가 되어 주는 존재다. 상 위에 늘어놓은 메모지들을 보면 주위의 어둠이 얼마나 깊어 가는지 가늠 못 하고 상념에 빠져들 때가 종종 있다.

그러나 컴퓨터 등장 후, 컴퓨터는 빠르고 편리하고 효율적인 업무처리상 인간에게 꼭 필요한 도구가 되어버렸다. 그래서 컴퓨터 세대라는 말이 생겨나고, 그들의 거침없는 행동과 막힘없는 말투만큼이나 글도 세련되게 활자체로 찍어낸다.

혹자는 이처럼 빠르고 편리한 컴퓨터를 배우라고 권유한다. 그러나 나는 나만의 버릇을 고칠 의사가 아직은 없다.

책 두 권을 펼쳐 놓으면 한 권의 한 쪽 분량만큼 대롱대롱 매달려 있을 정도로 좁기는 하지만, 그 불편함을 감수하면서까지 고집하는 데는 나름의 이유가 있다. 칠이 벗겨진 흔적이 조금씩 드러나고, 다리를 움직일 때마다 앓는 소리를 내지만 나와 함께 동고동락한 그 세월을 고스란히 담고 있기 때문이다.

나는 그 작고 보잘 것 없는 상 앞에서 경험을 풀어내어 정리하기도 하고, 글이 막히면 상을 물끄러미 바라보며 자연스럽게 다시 풀릴 때까지 기다리기도 한다. 상 밑으로 두 다리를 쭉 뻗거나 오므리기도 하면서 글을 쓰는 나만의 멋스러움과 그 여유로움을 계속 느끼고 싶기 때문이다.

또한 이 불편함을 벗어나기 위해 새로운 것을 찾기보다는 이 불편함에 나를 맞춰가는, 낮은 상 높이만큼 내 눈높이를 낮추며 살아가라는 삶의 지혜를 깨닫게 해준다. 딱딱한 사각 테이블에서만 생활하는 나에게 동그란 조그만 상은 많은 것을 느끼게 하고 돌아보게 해준다.

# 보다 행복한 삶을 위하여

일본에서는 한동안 '황혼 이혼'이 유행했다. 평생 남편에게 인간적인 대접도 못 받고 사는 아내가 남편의 퇴직을 기다렸다가 그 퇴직금의 반을 위자료로 받아 남은 생을 편히 살기 위해 이혼한다는 것이다.

그런데 남의 나라 일로만 알았던 이 황혼 이혼이 우리나라에서도 심심찮게 일어나고 있다.

이런 일들을 접하며 생각하게 되는 것이 '과연 부부란 무엇인가?' '부부란 어떤 형태이어야 하는가?' 하는 점이다. 더욱이 각 가정마다 경제적인 고통을 안고 살아가야 하는 우리에게 현실적인 화두로 다가오는 것이다.

얼마 전 수원 기독실업인회(CBMC) 주관의 만찬회에 참석했다가 '가정을 생각하는 사람들의 모임' 대표인 두상달·김영숙 부부 강사의 「행복한 부부생활」에 대한 강연을 듣게 되었다. 대부분 4, 50대 부부들이 참석했는데, 너무 진지하게 경청한 탓인지 분위기가 자못 가라앉아 보이기까지 했다.

결혼한 사람이라면 누구나 행복을 꿈꾸고, 그 행복을 가꾸어 가기 위해서 최선의 노력을 경주한다. 그러나 살다보면 그 행복의 파랑새가 내게서 자꾸 멀어져간다고 문득문득 느끼게 된다.

이에 더하여 물질적인 고통이 더해지면 결혼 자체를 부정하고픈 마음과 욕구 불만이 팽배해지고, 배우자를 무작정 미움의 대상으로만 여기게 되는 경우도 생긴다.

부부라면 이런 경험을 대부분 겪었을 것이고, 아직도 해결되지 않는 문제로 안고 살아가고 있는 부부도 있을 것이다. 그들이 '행복한 부부생활'을 위해 제시한 내용 중 가슴에 와 닿은 내용을 요약해본다.

첫째, 배우자는 하나님이 주신 최대 선물임을 잊지 말자.

둘째, 결혼은 서로를 완성시켜 주는 동반자 관계다. 서로 결점과 약점이 있으므로 보완하며 발전하도록 함께 노력해야 한다.

셋째, 나와 다른 상대의 성격·습관·식성을 아는 데서 이해가 시작된다. 서로를 알기 위한 노력이 사랑을 더 크게 만든다.

넷째, 솔직하고 인격적인 대화를 나누자. 대화 시 감정과 마음이 실려야 하며, 때와 장소에 맞는 대화로 의사소통을 원활하게 해야 한다. 그리고 부부 간에는 서로 들어주는 자세가 중요하다.

다섯째, 남녀 차이를 인정하자. 여자는 사랑을 먹고 사는 동물이면서 소속감을 필요로 하는 관계 지향적인 데 반해, 남자는 일을 함으로써 삶 자체가 목표 지향적인 동물이다.

여섯째, 그때그때 느끼는 감정들을 표현하며 살자.

일곱째, 서로 만지며 살자. 여자는 속삭여주는 말이나 분위기에 약하며 주정적이지만, 남자는 시각적이고 시도 때도 없는 육체지향적인 것이 특성이다.

여덟째, 싸우며 살자. 부부싸움은 적당히 하는 것이 긴장감 조성에 좋다. 그러나 싸움을 위한 싸움은 하지 말라.

아홉째, 중년의 위기를 슬기롭게 극복하자. 40대는 유혹이 가장 많은 시기이며 사춘기가 찾아오는 때이다. 또한 인생이 허무해지고 우울증이 생기는 시기로 있는 그대로를 수용하며, 배우자가 있는 것을 감사하면서 상대방과 대화할 수 있는 기술을 개발하는 극복의 자세를 갖고 또 다른 출발을 한다는 생각으로 발상을 바꿔라.

마지막으로, "내 인생의 마지막 장을 어떻게 보낼 것인가?"를 고민하라. 우리 인간에게선 그 답을 구할 수 없다. 성 어거스틴의 말처럼 "인간에게는 큰 공백이 있는데 이것은 하나님밖에 채워줄 수 없다."

이 말을 끝으로 참석자 모두가 뜨거운 박수로 공감을 나타냈다. 그리고 경색되기까지 했던 처음의 분위기와는 달리 뭔가 자신감을 얻은 듯한 표정으로 가득 차 있었다.

깊어가는 가을, 낙엽을 무심코 바라보며 '나'라는 존재의 공허감을 느끼는 나이에 이른 것 같다. 자신의 소중한 것들을 미련없이 떠나보내는 나뭇가지처럼 가벼워지는 우리 육신. 그러나 가을은 새로운 결실을 위해 깊어가듯이 황혼도 또 다른 출발임을 잊지 말자. 강연장을 나오면서 마음속으로 외쳐본다.

그래! 낭만의 황혼 열차를 타고 떠나리라. '내 인생의 마지막 장을 어떻게 보낼 것인가' 라는 답을 찾기 위해서.

거리에는 어느새 곱게 물든 낙엽이 내 발 옆을 스치면서 소리 없이 굴러가고 있었다. 그 중 가장 곱고 선명하게 물든 낙엽을 보며 다짐해본다. '나도 저렇게 고운 색깔로 내 나머지 날들을 물들여 가고 싶다.'

# 알찬 가을을 다짐하면서

처서가 지나자 가을빛이 제법 느껴진다. 한낮엔 여전히 볕이 뜨겁지만 아침저녁으로 만나는 선선한 바람이 감미롭기까지 하다. 이런 자연의 섭리에 새삼 감탄하는 것은 길고 더운 여름을 무사히 건너왔기 때문이다.

가을 문턱에 서니 많은 생각이 일어나고 스러진다. 올 가을은 내 의정활동의 4분의 3이 지나가는 길목이다. 의원이 된 후 세 번째 맞는 이 가을이 그래서 남다르지 않을 수 없다.

돌아보면 처음 도의원이 되었을 때의 감회 그리고 소수 여성 정치인으로서의 다짐과 각오가 새롭다. 그동안 그것들을 얼마나 잘 지켰는지, 또 맡은 일은 얼마나 잘 했는지, 자신을 향한 질문이 자꾸 되새겨진다.

여성의 인권 신장이나 권익 보호, 어려운 여성을 돕는 일 등 여성 정치인으로서 할 일은 많았고, 또 열심히 하느라 나름대로 노력도 했다. 그렇지만 그만큼 결실을 맺었는지 묻는다면 자신 있게 대답하기 어렵다.

여성 정치인이 너무 부족한 상태에서 내 나름의 책임과 역할을 하였지만 충분하다고 생각하지는 않았다. 언제나 아직도 할 일이 더 많다고 느꼈기 때문이다. 그러나 여성 의원의 한 사람으로서 한 개의 밑돌을 놓는 자세로 맡은 일에 충실히 임했다는 것은 나 스스로도 의미를 두고 있다.

이제 남은 일년을 어떻게 잘 채워갈 것인지 고민이 앞선다.

다자이 오사무가 가을을 가리켜 "여름이 타고 남은 것"이라고 했듯, 이번 가을은 지난 3년의 활동이 타고 남은 가을로 새로운 결실을 예비해야 한다. 벌여 놓은 일은 잘 마무리를 짓고 새로운 일은 더 찬찬히 준비를 해야 할 것이다.

이런 나만의 다짐을 떠나 보다 큰 바람이 있다면, 앞으로 여성 정치인이 더 많이 정계에 진출하고, 그들의 역할이 더 다양해져 성 구분 없이 각자의 능력에 따라 일을 할 수 있는 날이 하루빨리 오게 하는 것이다. 그런 날을 위해 내 힘껏 책임과 역할을 다해야 하리라.

지금 이 시각도 곡식이 익어가는 들판을 생각하며 나의 가을도 알차게 맺으리라 다짐해 본다. 자연이 제 열매를 하나하나 거두듯이 우리도 이제 더 많은 것을 거두기 위해 차분히 준비를 할 때이다.

# 해마다 그랬듯이

해마다 그랬듯이 겨울의 문턱에 서면 아쉬운 마음으로 한 해를 돌아보게 된다.

특별한 이유가 있어서도 아니요, 그렇다고 꼼꼼히 챙기는 성격이어서도 아니다. 나이를 먹으면서 생긴 일종의 습관이라고나 할까?

초겨울 비가 촉촉이 뿌리던 날, 차를 몰고 여행을 나섰다. 너무나 복잡하고 바쁜 일과 속에서 어느새 가버렸는지도 모르는 열한 달의 무상함이 나를 재촉했기 때문이다.

예외 없이 붐비는 도심을 빠져나와 속이 후련할 정도로 뚫린 고속도로에 접어들면서 한결 여유 있어진 마음에 FM 다이얼을 맞추었다. 조용한 바이올린의 선율이 가랑비에 어울리게 좁은 공간에 퍼진다.

즐겨 마시는 차는 아니지만 그윽한 커피의 향을 음미케 하는 비 내리는 오후의 한나절은 나에게 충분한 휴식을 선사해주는 듯하다. 절로 흥겨운 콧노래가 후련해진 마음을 더 부추기는 양 나는 어느새 바이올린 주자가 된다. 춤추듯, 흐느끼듯, 호소하듯, 그러면서 격정어린 선율을 들으며 나를 오라 부르는 이정표를 따라 들어섰다.

한적한 시골길……. 손을 흔들듯 흩날려 떨어지는 낙엽을 맞으며 달리는 이 길의 여유로움은 마치 나의 삶의 자취를 수놓은 것만 같다.

꼭 어디를 가야겠다고 마음의 다짐을 두고 나선 길은 아니련만, 유유히 때로는 질주하듯 나의 곁을 스치는 차들의 움직임을 보며 '저들은 과연 어디로 가는 것일까?' 잠시 생각에 잠겨 보았다.

갈래길이 나올 때마다 어김없이 서 있는 이정표. 친절한 안내양처럼 그 표지판에서 미소가 엿보인다. 작은 몸짓으로 인사를 나누며 지나치는 저들의 인생 여로에도 과연 이정표가 있을까? 아니, 내가 가는 마지막 삶의 이정표에는 과연 무엇이라고 적혀 있을까?

무상해진 나는 잠시 차를 세우고 내려섰다.

초겨울 찬서리에 풀 죽은 앙상한 코스모스가 꽃을 잃은 초라한 모습으로 추위에 떨고 있다. 잎을 다 떨군 플라타너스도 거구에 어울리지 않게 으스스 시린 몸짓을 하고 있다. 찬바람이 옷깃을 파고든다.

황폐해진 들녘 저 곳에서 열심히 일하던 농부들, 사랑하는 가족을 위해 찰수수밥 맛있게 지어 함지박에 이고 오던 아낙네들, 메뚜기를 잡으며 한껏 소리쳐 웃던 아이들, 개울둑에 옹기종기 모여 미나리 캐던 아이들, 저 들판 가득 물결치던 황금의 알곡들이 허한 벌판 가득한 웃음으로 메아리쳐 온다.

어디 있을까? 그 순하디 순한 촌부의 웃음과 억센 손마디는……. 또한 그들이 마지막에 손을 합장하고 들어설 이정표에는 무엇이라고 쓰여 있을까? 천국? 지옥?

'잘 살자! 보람 있게 살자! 덕을 세우며 살자! 남에게 기쁨을 주며 살자!' 며 옷깃을 파고드는 바람을 맞으며 자꾸만 볼을 타고 뜨거운 눈물이 흐른다.

한 해를 살아온 회한과 새해를 맞이하기 위한 각오가 넓은 들녘 가득 바람을 안고 내게로 달려온다.

# 어느 한나절의 추억

3박 4일의 휴가! 남들은 휴가 계획을 알차게 짜느라 야단법석들이다. 하지만 이 황금 같은 휴가가 내게는 뭔가 잘 맞지 않아 무료하게 지내며 책과 뒹굴고 있었다.

그런데 C여사로부터 드라이브를 하자는 전화가 왔다. 한나절이 지나 약간 들뜬 마음으로 한 약속이지만, 오랜만에 바깥 구경을 나와서인지 기분이 아주 상쾌했다.

신록이 이렇게 아름다운 줄 미처 몰랐다. 형형색색의 꽃들도 아름다워 보였지만, 은은한 향기를 풍기는 푸름은 상큼한 충격으로 내 가슴에 와 닿았다. 길가 양옆에 가지런히 두 팔을 벌리고 서 있는 푸른색의 나무들과 시원스럽게 뻗은 고속도로는 세 여인의 여행길을 멋지게 안내해 주려는지 한적하기만 했다.

우리들의 이야기는 목적지인 H집으로 가는 동안 누가

어떻게 살고 있느냐부터 시작해서 H와 그 남편에 대한 것까지 분위기가 무르익어 갔다. S교수의 작은 키가 화세에 오르자 "키가 작아 뭐 못해준 거 있냐"는 남편의 애교 섞인 반박에 H의 말문이 막혔었다는 이야기를 하며 우리 셋은 소녀처럼 깔깔 웃었다.

얼마쯤 달렸을까? 세 여인이 이야기꽃을 피우는 사이 뒤따르던 지프차가 우리 차 옆으로 다가왔다. 바로 H와 그 남편 S교수의 차였다. 호랑이도 제 말하면 온다더니, 그들의 이야기에 빠져 있던 우리는 서로 얼굴만 쳐다보며 멍한 표정이 되었다.

대한민국의 그 많은 길 중에서 H부부의 차를 만날 수 있다니, 우연이라기보다는 필연인 것 같아 더 반가웠다. 우리들의 끈질긴 인연을 다시 한 번 생각하며 그들 부부의 차를 따라 휴게소에서 잠시 쉬었다. 아침 일찍 행사가 있어 유성에 다녀오는 길인데 왠지 차가 눈에 익고, 예감에 우리들이 타고 있을 것 같아 따라붙었다는 것이다.

H가 살고 있는 곳은 익산이다. 잠시 정차했던 휴게소에서 약 20분 걸려 목적지에 도착했다. S교수는 급한 학교 일로 다시 외출하고, 네 여인은 차에서 나누던 이야기를 다시 화젯거리로 삼았다.

빨갛게 익은 시원한 수박을 마파람에 게 눈 감추듯 먹어치우고, 군산의 횟집으로 저녁 초대를 한다고 독촉을 해대는 H의 모습을 보면서 우리 셋은 마냥 즐겁기만 했다.

익산에서 군산을 잇는 도로는 화려한 연분홍 왕관을 벗고 신록의 푸름을 뒤집어 쓴 벚나무의 행렬로 장관을 이뤘다. 군산항의 바닷빛과 저녁노을, 손님을 가득 싣고 어디론가 떠나는 배들이 항구의 불빛과 묘한 조화를 이루며 낭만을 자아냈다.

언제나 나에게 차분함을 주는 바다, 어머니의 품 같은 포근함에 취해 시간 가는 줄 몰랐다. 어느덧 시계바늘이 오후 여덟 시 삼십 분을 가리키고 있었다. 집에 돌아갈 일이 끔찍스러웠다. 자고 가라는 H의 만류에도 불구하고, 우리 여인네들의 형편을 핑계삼아 귀가를 서둘렀다.

어디쯤 왔을까? 베스트 드라이버인 C여사가 갑자기 속도를 줄였다. 순간 불길한 예감이 들었다. 아니나 다를까 "고장 같아요"라는 C여사의 침울한 말에 우리는 눈앞이 캄캄했다. 이 비상사태를 어떻게 수습해야 할지 막막했다.

고속도로 커브길에 멈춰선 자동차를 바라보면서 '시간이 꽤 늦었는데, 어쩌나?'하며 은근히 걱정이 되었다. 우선 비상조치로 비상 라이트를 켠 채 도움을 기다렸다. 운이 좋았던지 10분도 안 되어 견인차가 도착하고, 이내 도로공사 순찰 직원이 도착했다.

"타임벨트가 끊어졌습니다." 견인차 기사가 청주 시내까지 견인비용으로 15만 원을 요구했다. C여사가 너무 터무니없는 가격이라고 하자, 이 밤중에 어쩔 거냐며 은근히 겁을 준다.

C여사가 고속도로변에 차를 세워놓고 내일 가져가겠다고

하자 견인차 기사가 10만 원을 요구했다. 결국 그 금액에 결정을 하고 청주 시내 공업사로 차를 보냈다. 그리고 우리 세 사람은 고속도로 순찰 직원의 도움으로 청주 톨게이트에 내려졌다.

늦은 시간에 길 잃은 어린양처럼 도로변에 서 있는 세 여인의 모습이 애처롭다 못해 천진스럽기까지 했다. 수원행 차를 수없이 세웠지만 우리를 태워다 줄 차량은 나타나지 않았다. 어떤 젊은 기사는 우리가 불량 여인으로 보였던지 짐이 많다며 거절하기도 했다.

우리들은 한편으로 걱정스러우면서도 또 한 번 낄낄거렸다. 흔히 신문기사나 텔레비전 뉴스에 나오는 좋지 않은 일들이 있기는 있나 보다는 씁쓰레한 기분을 느끼며, 그래도 누군가 이 상황에서 우리를 구해주리라는 기대감을 저버리지 않았다. 그때 중형의 고급차가 우리를 발견하고 차를 세우는 것이 아닌가?

애처롭고 가련한 표정으로 동정을 구하듯 자초지종을 설명했다. 우리 앞에 멈춘 차는 렌터카로, 한 손님이 서울에서 익산까지 10만 원에 대절해서 왔다 가는 길이라고 했다. 그러면서 2만 원을 요구했다. 우리는 누가 먼저랄 것도 없이 차에 올랐다.

차 안에는 향수인 듯한 냄새가 지독스러웠다. 뒤에 앉은 K 여사와 나는 창문을 번갈아 여닫곤 했다. K여사는 요즈음 흔히 신문지상에 오르내리는 기사들의 횡포가 대뜸 생각났

던지 수면제나 마취제 같은 냄새일 거라 소곤거렸다.

불안 속에 눈을 붙이는 둥 마는 둥하는 사이 어느새 수원에 도착했다. 집에 도착해 이런 저런 일로 늦은 이유를 설명하자, 남편은 걱정스러운 표정으로 쳐다봤다.

생각할수록 우습기도 했지만 방관자로, 국외자로 쏘다닌 한나절의 쾌감, 한 번도 경험해보지 못했던 사건을 겪어서인지 긴장이 풀리자 온몸이 나른해지면서 잠 속으로 빠져들고 있었다.

# 엽서 한 장의 소중함

누군가 "인생에서 가장 소중한 것이 무엇이냐?"라고 묻는다면, 나는 주저하지 않고 "만남"이라고 대답할 것이다. 그리고 그 만남에는 그리움이 따라야 한다고 생각한다. 그리움이 따르지 않는 만남은 이내 시들해지기 때문이다.

이처럼 우리는 하루에도 수없이 많은 사람과 만나고 헤어진다. 서로 얼굴을 대면하는 것이 아닌 스침 속에서 만나고 헤어지는 중에도 소중한 만남이 있다. 그리고 이 만남을 더욱 더 '소중한 의미'로 만들어가려는 사람들의 노력과 의지가 인간살이의 참된 모습이 아닌가 싶다.

가을이 되면 가슴에 묻어두었던 소중한 옛 추억과 보고 싶은 사람이 더욱 더 생각나 상념의 시간이 알알이 붉어지는 계절이다. 하지만 일이 바쁘고 살아가는 생활들이 서로 다르다 보니, 오래전에 친하게 지냈던 사람들의 소식을 잊고 살 때가 많다.

불현듯 생각이 나서 전화를 걸면 통화중이거나 부재중인 경우, 다음에 통화해야지 했다가도 다른 일들이 이어지고 급한 사항이 아니면 그만 그 일은 잊어버리는 경우가 많다.

평소 알고 지내는 사람들에게 한 달에 한 번 정도는 안부를 주고받으면서 지속적인 인간관계를 유지하고, 소중한 만남을 계속 만들어가는 것이 세상을 살아가는 처세법이라는 사실을 몸에 익힌 지 오래되었다. 하지만 마음먹은 대로 되지 않는 것은 어쩌면 게으름 탓인지도 모른다. 나도 그 중의 한 사람이 아니길 바라지만, 최근 들어서는 그쪽으로 저울추가 많이 기운 듯하다.

오후쯤 우편배달부 아저씨가 다녀갔다. 예쁘고 견고한 한 장의 엽서에 깨알같이 써넣은 글씨체가 낯이 익은 것이다. 아주 오랜만에 대하는 이름 세 글자. 미국 캘리포니아에서 'OKH'. 엽서 내용은 이러했다.

"박 부장님, 아들 대학 입학 선물로 미국 여행을 하게 되었어요. 저는 특별히 기쁠 때나 어려울 때는 습관적으로, 정말 습관적으로 박 부장님을 생각해요. 잘 지내시는지요? 제가 좋은 남편을 만나 행복하고 복되게 사니까 좋으시지요. 많이 보고 마음이 넓어져서 돌아갈게요. 그래도 집 생각이 나서 빨리 가고 싶은데 비행기 값이 생각나서 더 눌러 있어요."

안부를 묻는 짤막하고 간단한 내용의 편지글이었지만, 엽서의 내용으로 보아 현재의 주인공은 행복해 보였다. 기쁠 때나 어려울 때 나를 생각하며 용기를 얻는다는, 미국에서 보낸 그녀의 마음이 담긴 짧은 글이 오후 시간 내내 내 마음을 흔들어 놓았다. 아니 그녀의 지극한 성의에 눈물이 났다.

얼마나 아름답고 소중한 인간관계인가. 그래, 진정한 만남은 상호간의 눈뜸이다. 영혼의 울림이 없으면 그건 만남이 아니라 한때의 마주침에 불과할 것이다. '단 한 번의 만남도 하늘이 맺어준 인연에 의한 것이다'라는 중국 격언을 떠올리며 스승님이나 선배, 친구, 친지들에게 안부를 전하는 일에 게으름을 피우지 말아야겠다고 생각한다.

한 인간이 다른 한 인간의 의식 속에 소중한 의미로 각인되는 것은, 서로의 인격을 소중하게 기억해줌으로써 신의가 더욱 돈독해지는 것이 아닌가 싶다. 아니 만남의 소중함도 헤어짐의 아쉬움도 우리의 힘으로 어찌할 수 없는 모두가 사랑 아니겠는가.

가을날의 엽서 한 장! 그로 인해 잊었던 나의 모습과 마음을 반추하는 시간을 가져본다. 그런 시간을 갖게 해준 친구에게 감사의 마음을 전하며, 이 가을이 다 가기 전에 나도 누군가에게 '보고 싶다, 그립다, 사랑한다'는 내용을 담아 엽서 한 장 띄워보리라.

# 내 모습 그대로

바쁘다는 것은 어떤 의미에서든 좋은 일이다. 하지만 바쁘다는 핑계로 우리는 너무나 많은 것을 잊고 살거나 혹은 그 일을 핑계삼아 해야 할 일을 뒤로 미루는 경우가 많다. 사실 바쁘게 살아가는 나 또한 예외는 아니다.

모처럼 외부의 일로부터 벗어나 집에서 한가한 시간을 보낼 수 있는 기회가 왔다. 하여 그동안 소홀했던 집안 정리를 하기로 마음먹었다. 내 손길이 필요한 집안 살림들이 한두 군데가 아니었다. 철 지난 옷 정리를 시작으로 집안 청소까지 해도 해도 끝이 없었다.

마지막으로 냉장고 문을 열었다. 늘 바쁘게 사는 탓에 집에서 살림하는 전업주부들처럼 가족들을 위한 맛있는 요리는 물론 밑반찬도 제대로 마련하지 못 하고 있다.

냉장고의 반찬들을 보니 곧 내 모습을 보는 듯해 식구들에게 미안한 생각이 들었다(그렇다고 살림을 전혀 못하는 것은 아니다). 그래서 밑반찬을 장만하리라 마음먹고 몇 가지를 준비했다.

몇 가지 밑반찬을 만들던 중 요즘 무가 한창 맛있을 때라는 생각이 불현듯 들었다. 순간 깍두기를 담가야겠다는 생각에 마음이 급해졌다. 시장을 보러 가기 위해 거울 앞에 섰는데 화장기 없는 얼굴이 마음에 걸렸다.

도의원으로 활동하고 난 얼마 뒤 광교풀장에서 열리는 동민체육대회 행사에 참석한 적이 있었는데, 나는 그때 연무동에서 활동하고 계신 많은 분들과 인사를 나눴다. 여성 도의원이 우리 동에서 나왔다며 모두 자신들의 일처럼 기뻐해주셨고, 더불어 많은 활동을 해줄 것을 부탁하기도 했다.

그렇게 얼굴이 알려진 뒤 동네 슈퍼마켓에 나가는 것도 너무나 조심스러웠다. 그래서 잠시 망설이며 거울을 들여다보다가 그냥 나서기로 했다. 나도 집에 있을 때는 내 이름에 어떤 수식어가 붙지 않는 가정주부이며, 한 남편의 아내이자 자식을 둔 평범한 엄마라는 사실을 인정하는 것이 좋다는 판단에서였다.

시장을 나서는 길, 가을의 깊이만큼 오후의 햇살이 따사롭게 등줄기를 감싸주었다. 창고형 할인매장 양옆으로는 직접 농사를 지은 듯한 배추, 무 등 몇 가지 채소를 놓고 좌판을 벌인 채 아낙들을 불러들이는 할머니들의 모습이 유난히 정겹게 보였다. 아마 가을 햇살이 마음까지 넉넉하게 해주기 때문인 것 같았다.

오늘따라 많은 할머니들이 잘 다듬은 채소들을 진열해 놓고, 조급한 표정도 없이 손님을 기다리는 풍경이 참 넉넉해 보였다. 그 중 제일 나이가 드신 것 같고, 몇 올 남지 않은 머리카락에 쪽을 져 비녀를 꽂고 계신 할머니에게 무를 샀다.

그동안 겪어 온 세월의 풍상을 닮았음직한 손길로 꼬깃꼬깃 구겨진 비닐봉투에 정성스럽게 담아주시는 그 손길에서 손수 농사 지은 것을 며느리에게 싸주는 듯한 시어머니의 진한 정을 느꼈다. 단순히 물건을 파는 상인의 직업이라고는 찾아볼 수 없었다.

연신 "고맙수! 고맙수!"하면서 무를 건네는 할머니에게 "많이 파세요."하면서 돌아서는데, 그 앞에 남겨진 많은 야채들이 마음에 걸렸다.

김칫거리를 사가지고 집으로 돌아오는 길에 전과는 달리 눈에 띄는 모습들을 발견했다. 상점들 앞에 늘어선 채 피자, 통닭, 호떡, 떡볶이, 만두 등을 직접 만들어 파는 노점상들이었다. 소형 트럭을 개조해서 돈벌이에 나선 IMF형 점포들인 셈이다. 차들이 지나갈 때면 그 옆을 걷기도 불편한 정도였지만, 내 불편함을 드러낸다는 것이 사치라 여겨질 만큼 치열한 삶의 모습이었다.

예전과는 전혀 다른 연무동 모습이었다. 재래시장과 골목 슈퍼들이 어우러져 장을 보는 재미가 쏠쏠했던 그 모습이 아니었다. IMF 이후 기업형 할인매장이 들어섰는가 하면, 한쪽에서는 좌판을 벌이고 사람들에게 손짓하며 물건을 파는 등 생존경쟁의 한 판 싸움이 일어날 듯한 전쟁터가 되어버렸다.

대형 슈퍼에서 아낙네들이 큰 비닐봉투에 물건을 가득 사 가지고 나오는 길모퉁이에는 야채 몇 무더기 묶어 놓고 팔고 있는 할머니들의 모습도 있다. 양손에 큰 봉투를 든 아낙네들은 그 앞을 매정하게 지나치는 모습을 보면서 한동안 마음 아팠다. 그 뒤로 세상 물정 모른 채 뛰어 노는 어린아이들의 웃음소리가 골목을 번져갔다.

무거운 마음으로 돌아와 깍두기를 담그고 나자, 창밖은 어둑어둑해졌다. 낮이 짧은 초겨울이기도 했지만, 오늘은 무언가 했다는 행복감에 젖어 따뜻한 온돌방에 다리를 폈다.

시장에서 보고 느꼈던 풍경들이 눈앞에 아른거린다. 가족을 위한 삶의 무게가 그들의 두 어깨를 짓누르고, 잔뜩 움츠리게 하는 겨울은 점점 더 깊어져 가는데 춥고 어려운 사람들은 이 겨울을 또 어떻게 넘을까?

동네에 나서면 주민이나 시장에서 마주치는 사람들에게 미소를 짓고, 따뜻한 정이 담긴 말 한마디라도 나눌 수 있는 좋은 이웃이 되어야겠다는 생각이 온돌의 따스함처럼 내 몸을 덥힌다.

화장기 없는 맨얼굴로 나서기를 망설였던 내 사치가 한없이 초라하게 느껴진다. 그러나 지금은 그때와는 달리 거울을 보는 내 모습, 꾸밈없는 내 모습을 있는 그대로 보여주는 거울 앞에서 진솔한 정치인의 길을 다잡는다.

# 글 속의 삶, 삶 속의 글

문학은 늘 내 마음을 끄는 또 다른 길이었다. 시간만 나면 그 길 어딘가를 헤매고 싶어 안달이 나곤 했다. 그러나 막연한 동경에서 출발한 글쓰기는 직장·결혼·육아 등 삶의 여러 굽이를 거치면서 멀어지기 일쑤였다.

어쩌다 마음을 굳게 다잡고 앉아도 원하는 눈높이만큼 글이 써지지 않는 고통의 시간이 더 길었다. 그래도 글을 놓지 않은 덕분에 1991년 6월에는 수필가로 등단을 하게 되었다.

나는 나름의 꿈을 이루며 한발 한발 나아가는 게 가치 있는 삶이라고 생각한다. 그래서 어려운 상황에서도 꿈을 놓지 않고, 바쁜 중에도 틈틈이 책을 읽으려고 노력한다.

요즘 읽은 책은 『조선은 지방을 어떻게 지배했는가』인데, 이를 통해 조선시대의 지방정책을 엿볼 수 있었다. 각 분야별 학자들의 연구를 통해 14세기 말부터 19세기 말까지 지방을 어떻게 지배했는지 살펴보는 것은 흥미로웠다.

더구나 경기지방의 의정활동을 하는 입장에서 읽으니 여러 정책이 새삼스럽게 많은 생각을 불러 일으켰다. 앞으로 내가 할 일에도 좋은 참고가 될 뿐만 아니라 역사 공부에도 유익해 아는 이들에게 권하고 싶은 책이다.

이처럼 세상을 바르게 보고 균형 감각을 갖고 사람을 대하며, 일을 처리하는 데 합리적이고 효율적인 사람이 되기 위해서는 세상의 이치를 깨우치고 남을 더 이해하는 사람이 되어야만 한다. 이러한 세상의 이치를 깨우치기 위해서는 선현들의 지혜로운 삶과 철학을 본받고, 다양한 정보를 접하는 노력을 해야만 하는데 가장 좋은 방법이 바로 독서이다.

책 속에 길이 있다. 개권유익(開卷有益), 즉 '책은 읽지 않고 펼치기만 해도 유익하다'란 말처럼, 다양한 책을 읽게 되면 생각의 폭을 넓혀준다. 자신의 삶을 돌아보는 시간 속에 미래의 새로운 길이 열리기도 한다.

글쓰기도 마찬가지이다. 정신없이 뛰어다니다가도 흰 종이 앞에 앉아 글을 쓰는 시간이면 삶의 참모습을 되찾는 것 같다. 그래서 나와 더불어 살고 있는 이웃 그리고 환경, 문화 등을 다시 생각하게 된다.

# 사람이 만드는 세상의 정

'쨍!' 하고 깨질 듯 나뭇가지를 스쳐 불어오는 바람의 갈기에도 비누 내음 같은 상큼함이 묻어 있는 초가을. 연이은 출장으로 몸이 지칠 대로 지쳐 미처 가을을 돌아볼 마음의 여유조차 없어 푸념 섞인 한숨만 계속되는 시간이다.

'단 하루 만이라도 손에서 일을 놓고 아무런 생각 없이 그저 푹 쉬어봤으면…….' 그러던 9월의 마지막 일요일이었다. 하루 종일 나른함에 파묻혀 시간을 보내다 한참 인기 절정의 TV 드라마 앞에 정신이 팔려 있는데 '따르릉! 따르릉!' 전화벨이 울렸다.

"잠깐 좀 나와 달라"는 O씨의 목소리였다. 조금 늦은 시간이라 망설였지만 차마 부탁을 거절할 수 없었다. 옷을 주섬주섬 챙겨 입고 '이것도 일이구나'라고 생각하며 자동차 시동을 걸었다.

짙은 어둠이 내린 도시의 밤거리는 화려한 네온사인 불빛들로 꽃밭 같은 불야성을 이루고 있었다. 얼마를 달렸을까? 아주 잠시 하늘을 쳐다보았을 뿐, 단지 그것뿐이었는데 갑자기 거리의 불빛이 내 곁에서 그만 멀어져갔다. 일순, 눈 깜짝할 사이도 없이 번쩍, 나는 이 세상에서 사라진 것이다.

분주히 오가는 사람들의 발소리와 말소리가 들리는 것 같았다. 아니 마치 고장 난 녹음기 테이프처럼 직직거리는 소리가 귓가에 맴도는 걸 어렴풋이 의식하며 눈을 떠야지 하고 생각했다. 순간, 아주 낯선 사람들에 둘러싸여 있고, 뭔가에 결박당한 채 옴짝달싹도 할 수 없었다. 그리고 낯선 사람들 사이에 아주 걱정스러운 눈빛으로 어머니와 동생 그리고 잔뜩 겁먹은 아들의 얼굴이 보였다.

'내가 왜 여기에?!'

그때부터 난 모든 것들이 빙빙 도는 현기증을 느끼고, 심한 추위 속에 오들오들 떨며 병원에 와 있다는 사실을 알았다. 그러나 그것도 잠시뿐, 난 무엇에 정신없이 끌려가듯 이내 깊은 잠 속으로 푹 빠져 들어갔다.

내가 다시 눈을 떴을 때는 내 몸 어느 곳 하나 아프지 않는 곳이 없었다. 옴짝달싹할 수 없는 몸의 결박은 차치하고 왼쪽 허리에 끊어질 듯한 통증, 머리 오른쪽엔 뭔가 쑤셔 박아놓은 듯 심하게 저려오는 뇌 아림, 그리고 또 한쪽 머리 부분은 터졌는지 파였는지 피가 고여 있었다.

아픈 곳은 그뿐 아니었다. 오른쪽 눈두덩과 양손 등은 몇

바늘을 꿰매었는지 셀 수도 없었고, 계속 이어지는 통증은 참아내기 힘들었다. 온몸이 붕대로 감긴 4주 진단의 교통사고였다.

월요일이 시작되면서 의식을 되찾을 수 있게 되었고, 병문안을 온 사람들도 알아보게 되었다. 어떻게 소식을 들었는지 병문안을 와 준 사람들이 고마운 것은 말할 것도 없지만, 조금은 어이없다는 그들 표정엔 나도 참 어이가 없어 헤실헤실 웃기까지 했다. 그러나 이 친구들이 없었으면 참 어땠나 싶게 이들이 너무 고맙고, 한편으로는 기다려지는 것이 쑥스럽기도 했다.

"어쩐 일이냐?" "어디서 그랬니?" "왜 그랬니?" "또 다친 사람은 없니?" "아휴 큰일 날 뻔했구나!" 등 누가 시키지 않았음에도 한결같이 그런 질문을 해댔다.

어떤 친구는 "이왕에 이렇게 된 거 입원해 있는 동안이나마 푹 쉬라"는 말도 아끼지 않았다. 그동안 열심히 일했으니 이럴 때 쉬는 것이라며, 불행 중 다행이라고 안도의 한숨을 내쉬는 것이었다. 그런가 하면 아무 말도 하지 않고 붕대 감긴 내 모습만 찬찬히 아주 근심어린 눈으로 측은하게 바라보는 이도 있었다.

그뿐만 아니었다. 눈물까지 글썽이며 어떡하느냐며 연신 걱정하는 분도 계셨고, 하나님을 소홀히 해서 벌 받는 것이라며 퇴원하면 열심히 교회에 나오라고 권하는 이도 있었다.

이들이 슬픔을 감내하는 기분은 각각 달라도 그걸 마음속에 깊이 간직하고픈 나의 소중함은 일관되게 고마움과 인간애의 따스함에 살아 있음이 얼마나 축복된 것인지 알았다. 인간이 그 어떤 대가로도 지불되지 않은 인간다움의 숭고한 믿음이자 정신이요, 절실한 인간애의 한 증거같이 느껴졌다.

사람이 사람을 찾아주고 서로의 고통이나 기쁨을 함께 나누는 행위는 살아가면서 우리가 늘 행하는 것이지만, 그것을 마음에 담아 하나씩 차곡차곡 쌓아두고 인식한다는 것은 쉽지 않다.

그런데 의도하지 않은 입원을 계기로 내가 잊고 살았던 많은 것들을 느끼게 되었다. 너무나 당연하고 일상적인 것들이었기에 미처 느끼지 못했던 인간의 따스한 정, 그 정 속에서 피어나는 삶의 소중함이 너무나 값진 것이라는 사실을 다시 한 번 일깨워주었다.

그리고 '사람이 그립다' 이 말 또한 얼마나 아름답고 향기나는 말인가.

병실생활이 갇혀 있는 것처럼 답답하기도 하지만 사람들이 찾아와 한동안 웃음꽃을 피울 때면 모든 것을 다 잊는다. 그러다가 그들이 떠나갈 때면 왠지 서운하고, 떠나간 병실엔 혼자만의 침묵이 다시 찾아온다. 텅 빈 병실에 혼자 누워 있을 때면 까닭 없는 우울증이 통증 못지않게 찾아들고, 혼자라는 사실이 얼마나 슬픈 일인지 자꾸만 창문 너머 바깥세상이 그리워진다.

참으로 간사한 것이 인간이라고 했던가. 평소엔 혼자 있으면 얼마나 좋겠나 싶었던 것도 막상 혼자 있고 보니 인간이기에 누릴 수 있는 사치처럼 느껴졌다.

더욱이 바깥 창문 너머 자동차 클랙슨 소리가 빵빵거릴 때면 거리의 많은 사람들이 까닭없이 그리워지고, 얼른 병상을 털고 일어나 그들과 어깨를 부딪치면서 거리를 활보하고 싶고, 함께 숨 쉬면서 신나고 힘차게 살아가고픈 욕망이 솟구쳤다.

그러나 지금은 갇혀 있는 몸, 이도저도 어찌할 수 없어 멈춰버린 시간 속에 묶여 천장만 바라보고 있으니 혼자 있는 것이 얼마나 고통스러운 형벌인지 비로소 알 것 같았다.

이런저런 생각을 지루하게 굴리면서 누워만 있으려니, 단 하루만이라도 아무 생각 없이 푹 쉬고 싶다는 마음이 싹 사라졌다. 대신 그 자리엔 바쁜 사람들 틈에 섞여 살아가고 싶다는 열망이 들어앉아 안절부절 어쩔 줄 몰라했다.

그런 가운데 나의 쾌유를 비는 따뜻한 정성의 손길이 계속 줄을 이었다. 한 달 여의 긴 시간을 내 곁에서 걱정해주시던 어머니의 따스함, 행여 내가 쓸쓸해할까 봐 서로 날을 정해 찾아주는 친우들의 따뜻한 인정, 또 평상시 왕래가 뜸하던 분들까지도 근심어린 눈빛으로 지켜봐주심에 답답한 마음을 털어내고 우울을 걷어냈다. 아니 빛을 잃고 생기를 잃었던 병원생활에서의 삶을 추스를 수 있었다.

정말이지 그 분들은 내가 늘 시간에 쫓겨 바쁜 생활 속에서 대화를 잃어가고, 사람 살아가는 따뜻한 인정을 잃어가고 있을 때, 무엇인가 살아가는 삶의 의미를 가슴 벅찬 기쁨으로 나를 일깨워준 고마운 분들이었다.

어렵고 고통 받는 남을 위해 자기 가족의 일처럼 찾아와 위로해주고 격려해준다는 일은 결코 쉬운 일이 아니다. 그 후 나는 이들을 위해 무엇을 하고, 그 고마움의 감사를 어떻게 보답해야 하는가? 아니 커다란 이 사랑의 빚을 어떻게 갚아야 하는가를 자꾸 돌아보는 시간이 점점 늘어났다.

그렇다. 우리들 사는 세상이 온돌방처럼 더욱 따뜻하게 데워지고, 방안의 훈훈한 온기처럼 인정이 넘치는 것은 사람이 사람과 함께 더불어 사는 참된 인정의 체온 때문이지 싶다.

저기 저 은행잎 쌓인 거리에 빈 나뭇가지들이 매양 사람의 마음을 서늘하게 할지라도, 이 가을의 끝에서 정녕 어둡고 지루했던 그 긴 터널의 병실을 나오며 감사와 은혜로운 사랑의 빛을 활짝 받을 수 있는 것은 축복이다.

인간애, 그것은 참으로 축복된 우리들 삶 속에 녹아 있는 인정에서 나오는 것이다. 아침저녁으로 다가오는 겨울바람의 쌀쌀함도 인정의 따뜻함을 이기지는 못하리라.

# 교수님, 어디까지 가세요?

겨울을 재촉하는 비가 캠퍼스 교정을 을씨년스럽게 적시던 어느 날이었다.

둘째 시간 시험을 마치고 K랑 나오는데 복도 저편에 쭈그리고 앉아 있던 한 여학생이 수원역까지만 동승할 수 있겠느냐고 조심스레 물어왔다. 어려운 부탁도 아니고 해서 흔쾌히 승낙을 하고 그 학생을 태웠다.

역에 거의 도착했을 무렵, 그 여학생이 예쁘고 차분한 목소리로 물었다.

"교수님은 어디까지 가세요?"

그 순간 질문에 대한 답도 못한 채 어디 들를 데가 있다며 학생을 내려주었다. 그 여학생과의 동승은 그렇게 끝났다. 그런데 집으로 돌아오는 나는 마치 못 볼 것이라도 본 것처럼 가슴이 마구 뛰고 얼굴은 화끈화끈 달아올랐다.

그랬으리라. 그 여학생의 눈에는 내 모습이 분명 만학도로 보이지 않았을 것이다.

가슴에 맺혔던 때늦은 대학 진학을 위해 내신성적 등급을 받고자 찾은 모교 S여고의 교무과 선생님을 당황케 했던 기억이 떠올랐다. 그 용기와 당돌함을 보더라도 나의 기상은 교수 이상의 그것이었을 테니까.

하지만 만학의 꿈을 안고 올 봄 원하던 H대학 야간학부(지역사회개발학과)에 입학을 했다. 늦은 나이에 어린 학생들과 함께 공부한다는 것이 말처럼 쉽지만은 않았다.

초조함이 순간순간 가슴을 억눌러 왔지만, 이 나이가 되도록 내 안 깊은 곳에 자리 잡고 있던 대학 진학의 꿈이 쉽게 좌절하게 내버려두지 않았다. 퇴근 후 피곤함을 잊고 학교로 향하는 내 마음은 기대 이상의 그 무엇만으로 충분히 풍요로울 수 있었다.

그러나 내 앞에 놓여 있는 삶의 행로는 결코 만만치가 않았다. 직장에서의 완벽함, 대학 리포트 작성과 시험 준비, 그리고 주부로서의 역할 등 1인 5역을 해야 하는 나로서는 힘든 길이었으며 하루 24시간도 부족할 수밖에 없었다.

사람의 능력은 한계가 있는 법. 내 오만과 불손함은 몸뚱이를 진흙 속으로 집어넣었다 꺼내기를 수차례 반복했다. 숱한 시련 속에서도 중도에 포기할까, 모든 걸 다 잊고 때려치울까 하는 고민 속에서 심신은 더욱 피폐해졌다. 그러다 보니 보다 나은 삶을 추구하려는 안타까운 매달림 그 자체였다.

그러나 좌절할 수 없는 그 어떤 힘(?)이 나를 수없이 일으켜 세웠다. 힘든 일을 용감히 그리고 씩씩하게 잘 해내고 있다는 주위 사람들의 칭송과 격려였다. 그럴 때마다 스스로에게 용기를 주면서 겸손한 마음으로 자신을 채찍질했다.

어렵고 힘든 과정을 잘 이겨 낸 대학생활을 돌이켜 생각해 보면, 그 여학생에게 나는 교수가 아니라 이 학교의 만학도임을 당당하게 밝히지 못한 것이 부끄럽게 생각되었다. 오직 공부하고자 하는 순수한 그 열정 하나로 늙은 학생이 되었는데, 순간 "교수님"이라고 부른 그 학생의 말을 받아들인 내 행동을 정당화할 수 있었던가.

그래도 그 여학생의 눈에 비친 내 모습은 당당하고 의연하며 기품 있는 사람으로 보였던 것일까. 그렇다면 내 분위기에 대한 첫인상은 기분 좋을 뿐 아니라 꽤나 희망적이지 않은가 하고 스스로 자위해본다.

그래! 누군가의 눈에만 비치는 외적인 교수가 아니라, 그들에게 인생을 앞서 살아온 선배로써 모범적이고 정신적인 얼을 심어줄 수 있는 마음의 교수가 되리라 다짐해본다.

# 짧은 만남, 영원한 우정

며칠 전 낯선 목소리의 전화 한 통을 받았다.

그쪽에서는 잘 아는 투의 인사를 건네는데 내게는 전혀 생소한 목소리였다. 내색할 수 없어 반갑게 인사를 받으면서도 머릿속에서는 목소리의 주인공을 기억해내기 위해 생각을 굴려보았지만 여전히 안개 속이었다.

"……?"

"의원님! 여한종 대사님 아시죠?"

"네?"

"저는 시청의 ○○계장인데, 이번에 시장님을 모시고 뉴파푸기니아에 다녀왔거든요. 그런데 대사님께서 의원님의 소식을 물으시더군요. 그래서 이번에 도의회 의원이 되셨다고 말씀드렸더니 굉장히 기뻐하시더군요. 그리고 의원님께 전해드릴 게 있어서 일간 찾아뵙겠습니다."

전화를 끊고 나니 어렴풋이 6년 전의 기억이 떠올랐다.

정당에 몸을 담고 있을 때 정무장관실에서 주관하는 정당 시찰 방문차 동남아시아를 여행했던 적이 있었다. 여름이라 지치기도 했고, 문화의 차이로 여러 가지가 불편했지만 빠듯한 견학 일정 때문에 이동이 많아 심신이 많이 지쳐 있었다.

인도네시아를 방문했을 때 그곳 참사관이 우리 일행을 반갑게 맞아주었다. 이국에서의 낯선 이질감 때문에 힘들었던 일행은, 이틀 동안 그 분과 많은 이야기를 나누는 등 큰 고마움으로 친절을 받았다.

모처럼 대화가 통하는 사람을 만났다며 나와는 여러 문제에 관한 대화를 나누었다. 특히 내게서 받은 인상이 좋다면서 말 줄을 놓지 않던 그 분의 모습이 눈에 선하다. 이틀 후 다음 행선지로 떠날 때는 공항까지 배웅 나와 아쉬움의 손을 흔들어주었다.

일정을 마치고 귀국하기가 무섭게 바쁜 일과로 동남아 일을 잊어 갈 무렵, 편지 한 통이 배달되었다. 낯선 필체의 겉봉을 뜯어서 읽어 보니, 바로 그 참사관이 보낸 것이었다.

별일 없이 잘 도착했느냐는 안부 편지였다. 순간 많은 도움을 받고도 먼저 인사하지 못한 내 자신이 부끄러워 죄송스러운 마음으로 서둘러 답장을 썼다. 여행 중에 보여준 친절에 대한 감사 인사를 우리나라 봄 풍경에 담아 전한 것이다.

비록 다른 곳에서 나라를 위해 일하는 공직자였지만 동지애를 느끼게 하는 분이었다. 그러나 바쁜 일과 속에서 자연스럽게 기억이 지워져 갔는데, 그 참사관이 뉴파푸기니아의 한국대사가 되었다는 것이다.

참 반갑기도 하고, 진심으로 내 일 같이 기뻤다. 그 소식을 전하기 위해 시청의 계장이 전화를 한 것이다.

"대사께서 주신 선물입니다. 그곳에서 제일 유명한 특산품이랍니다."

예쁜 포장지에 담겨진 커피 두 통이었다. 그러면서 덧붙인 말도 잊을 수가 없다.

"인도네시아를 방문했을 때 받았던 인상이 깊었다고 하시며, '체구도 작은 여성이 큰일을 해낼 것 같은 느낌을 받았는데 그 예감이 맞았다'며 도의원이 된 것을 축하한다고 하셨습니다."

우리나라와는 두 시간밖에 시차가 나지 않는 곳이지만, 거리상으로는 꽤나 먼 그곳에서 내가 하는 일에 누군가가 관심을 갖고 있다는 것이 너무나 고맙고 가슴 벅찼다.

내년 봄 대사께서 고국을 방문한다고 하니, 6년 전 우리 일행에게 베풀어 준 친절과 따뜻한 관심을 이번에는 꼭 보답해야겠다.

먼 이국에서 날아온 정겨운 소식과 커피 두 통은 풍성한 계절 위에 피어난 꽃향기였다. 몇 년에 한 번 전화만으로도 가슴속에 늘 훈훈하게 남아 있는 우정을 간직한 친구처럼, 여 대사의 마음은 오래도록 내 마음에 남아 있을 것이다.

# 친절은 한 송이 꽃

세상에서 가장 아름다운 말은 '미소·인사·친절'이라고 생각한다. 땅에 떨어진 한 알의 밀알이 다음 해 튼실한 열매를 맺기 위해 아픔과 희생을 감수하듯, '미소·인사·친절'이라는 열매를 위해선 자신을 낮추고 상대를 높일 줄 아는 마음이 필요하다.

우리 국민은 대체적으로 표정이 어둡고 굳어 있다. 심지어 "왜 한국 사람들은 그렇게 화난 표정으로 다니느냐?"고 묻는 외국인도 있다. 생활습관 차이 때문이기도 하겠지만, 가까운 사람끼리는 다정하게 대하면서 낯선 사람에게는 먼저 웃거나 인사하지 않는다. 예부터 잘 웃는 사람을 보면 실없고 가볍다고 해서인지 우리 몸에 미소가 자연스럽게 배어 있지 않는 것이 사실이다.

유럽에서 전쟁이 일어났을 때, 한 소녀는 보초병에게 물한 컵 떠다주는 친절을 베풀어 도시가 공격을 당하기 바로 전에 무사히 몸을 피했다고 한다. 그렇듯 친절은 손에 잡히지도 눈에 보이지도 않는 것이지만 항상 우리의 주위와 가슴 속에 있다. 언젠가는 더 많은 것으로 돌아오기 때문이다.

도심 번화가에서 길을 물어본 사람이라면 한번쯤 느꼈을 것이다. 보통 길을 잘 아는 노점상에게 묻게 되는데, 대개는 냉랭한 표정으로 모른다고 한다. 그것도 고개만 한 번 젓고 마는 정도라 이쪽이 되레 무색해진다. 그러나 물건을 사면 금방 표정이 달라지며 친절하게 길을 가르쳐준다. 나에게 이익이 있을 때만 친절을 베푸는 장삿속이다.

친절을 은행에 예금한 몇 푼의 돈으로 생각하는 것은 잘못이다. 친절은 이해타산이 없는 순수한 마음에서 우러나올 때 더욱 값지고 아름다운 것이다.

몇 해 전 일본을 방문했을 때 경험했던 일이다. 한 백화점에서 마음에 드는 옷을 사기 위해 열 번쯤 옷을 입어봤다. 결국 마음에 드는 것이 없어 못 샀는데도 백화점 아가씨들은 싫은 내색 없이 친절하게 대해줬다. 단순히 직업의식의 서비스 정신이나 포장된 친절로 이해하기에는 섬뜩한 느낌이 들었다. 오늘의 일본이 있기까지는 그러한 정신이 많은 기여했으리라.

그러나 우리는 어떠한가. 처음 서너 번은 아주 상냥하고 친절하던 점원의 표정이 차가워지고, 옷을 구입하지 않았을 경우에는 상당한 곤욕을 치르는 경우도 종종 있다. 요즈음은 많이 개선되었지만 소비자의 만족 수준에는 이르지 못한 것 같다. 마음에서 우러나오는 친절이 아닌 이해타산에 얽힌 친절 때문이다.

도심의 아파트 단지나 주택가에서도 이웃에 누가 사는지조차 모르는 오늘의 현실, 이웃과 떡 한 쪽도 나눠먹으며 희로애락을 같이 했던 우리의 아름다운 풍습이 점점 사라지고 있다. 동네의 일을 의논하고, 어려운 일을 서로 돕는 이웃 간의 친절이 생활화된다면 얼마나 밝은 사회가 될까.

지난여름 폭우로 많은 이재민이 가산과 전답을 잃고 발을 구를 때 많은 액수의 수재의연금이 기탁되었다. 그때 고사리 손으로 건네는 몇 천 원의 성금에 가슴이 뜨거워졌다. 진정으로 이웃을 걱정하고 돕고 싶은 그 따뜻한 마음이 전해졌기 때문이다.

친절은 누구를 의식하고 베푸는 것이 아니라 마음속에서 우러나와야 한다. 나에게 이익이 있을 때만 친절을 베풀 것이 아니라, 어린이 같은 소박하고 작은 마음에서 나 아닌 다른 사람을 먼저 생각하고, 그들에게 좋은 나의 모습을 보여줄 때 '진정한 친절'이라고 말할 수 있을 것이다.

동방예의지국의 후손이라 자처하는 지금 우리들은 '미소하기, 인사하기, 친절하기' 캠페인을 벌이고 있다. 예전엔 이웃에 대한 관심과 친절이 지나쳐서 말다툼이 되는 일도 많았지만, 이제는 각자의 울타리를 굳게 쳐놓고 그 속에 갇혀 살고 있다. 이기주의 때문에 어떤 친절은 사생활 침해라고 공격당하기도 한다.

거리에서 간혹 낯선 사람과 어깨를 부딪칠 때 정도 이상의 화를 내는 사람이 많다. 살다 보면 본의 아니게 타인에게 해를 입히기도 한다. 이럴 때는 너그러운 마음, 친절한 마음으로 상대를 이해한다면 어려운 일도 쉽게 해결될 것이다. 아니 자신만 고집하며 사는 사람이 외로워 손을 내밀 것이다.

그동안 우리는 너무나 각박하게 살아왔다. 모두들 잘 살기 위해 발버둥을 치느라 친절을 베풀 시간조차 없었는지도 모른다. 그러나 이제는 국제 경기를 유치할 만큼 성장했다. 주변을 돌아볼 여유를 갖지 못한 사람, 낮은 사람에게 더욱 친절하고 따뜻한 손을 내밀어야 할 때가 된 것이다.

의식의 선진화를 추구하는 이 시점에서 가장 필요한 것 중의 하나가 친절한 마음이다. 누구에게나 친절을 베풀 수 있는 여유로운 자세를 가질 수 있을 때 자신은 물론 우리나라를 찾은 외국인에게도 좋은 인상을 주어 '친절하지 못한 국민'이라는 불명예를 씻어야 한다.

강요된 친절이 아닌 삶에서 자연스럽게 우러나오는 친절은 아름답다. 톨스토이는 "이 세상을 아름답게 하고, 모든 비난을 해결하고, 얽힌 것을 풀어헤치며, 어려운 일을 수월하게 만들고, 암담한 것을 즐거움으로 바꾸는 것이 있다면 그것은 바로 친절이다"라고 했다.

또한 친절한 사람에게는 항상 '미소'가 따른다. 친절한 사람일수록 악한 마음을 갖지 않을 뿐더러 웃지 않는 사람이 없기 때문이다. 남이 나에게 웃어 보이길 바라기 전에 내가 먼저 그들에게 밝은 미소를 지어야 한다.

미소는 사람들에게 기쁨을 주고, 미소 짓는 얼굴에는 사랑과 용서, 이해와 친절이 담겨 있다. 지금 내 앞에 있는 사람에게 미소를 짓는 그 순간 세상이 환해지는 것을 느낄 수 있을 것이다.

늘 밝고, 친절하고, 상냥하게 누구에게나 "안녕하세요? 감사합니다, 미안합니다, 죄송합니다"를 연발하며 언제나 사람들에게 미소 띤 얼굴과 환한 웃음을 선사하는 사람이라면 그 누가 이런 사람을 좋아하지 않겠는가?

이처럼 친절과 미소, 배려는 나를 명품으로 만든다.

# 타인 앞에서 작아지는 것

얼마 전에 K단체에서 전화가 걸려왔다. 시민회관에서 주최하는 한 모임의 강연을 맡아주었으면 한다는 내용이었다. 어느 사이에 불혹의 나이가 되어 젊은이들 앞에 서게 됐다고 생각하자 조금은 이상한 기분에 휩싸였다.

그러면서도 삶의 연륜에서 얻은 어쭙잖은 내 경험이 그들에게 조금은 보탬이 되겠지 하는 생각으로 덜컥 승낙하고 말았다. 그리고 전화를 끊고 났을 때는 정말 많은 사람들 앞에서 부끄럼 없이 강의할 정도로 내 삶에 충실했는지, 정말 남 앞에 당당하게 설 수 있을 정도로 자신이 갖추어져 있는지를 생각했다.

하루 생활의 반은 직장에서 일과 더불어 살아 온 세월이 20년도 넘었기 때문이다.

강연하는 날, 좋은 만남에 대한 준비도 제대로 못한 채 마치 맞선 보는 처녀 같은 설렘으로 시민회관으로 향했다. 여러 행사를 기획하고 진행을 맡아왔던 지난날보다 예쁘고 젊은 여성들이 모인 장소에 서고 보니 말씨부터 행동 하나하나가 어색했다.

"수필가 박 아무개를 소개한다"고 했을 때 조용했던 장내는 "와!"하는 함성이 일면서 얼굴이 환하게 열렸다. 이때 처음으로 수필이란 참 매력적이라는 느낌을 가지면서 내 본연의 모습으로 돌아가 강연을 시작했다.

평소 직장생활 중에 느껴왔던 이야기를 시작으로, 우리 사회에 가장 중요한 문제로 대두되고 있는 여성과 직업의 문제, 가정에서의 여성 역할과 국가나 사회적 역할의 중요성을 피력했다.

21세기가 되면 여성의 사회 참여는 더욱 활발해질 것이며, 여성 자신도 종속적이고 의존적인 제약에서 벗어나 사회 발전의 한 부분을 책임지고 담당해 나가는 당당한 여성으로 활동 무대를 확보하기 위해서는 네 가지의 여성상이 필요하다고 역설했다.

첫째, 여성 자신은 일의 효율적인 운용을 위해 원만한 인간관계를 유지하여 서로를 돕고 이해하며 협력하는 여성.

둘째, 여성 특유의 섬세함을 살려 남의 말에 귀를 기울일 줄 아는 마음씨를 지닌 조화로운 인간관계를 구축할 수 있는 여성.

셋째, 사랑을 바탕으로 자녀에게는 성실한 어머니, 남편에게는 사랑하고 사랑받는 아내로서의 여성.

넷째, 이웃에게는 베풀 줄 아는 여성.

이어서 시대 변천에 적응할 수 있는 자기 나름대로의 가치관 설정, 끊임없이 변화되어가는 새로운 정보화 시대를 받아들이기 위해 매사에 깊이 연구하는 탐구적 자질이 필요하며, 우리가 소속되어 있는 이웃이나 직장, 우리나라를 아름답게 가꾸는 데 여성의 아름다움과 위대함을 보여주자고 열변을 토했다.

그러나 강연을 마치고 강단을 내려오면서 남 앞에 나서서 자기의 생각을 전달한다는 것이 얼마나 어려운 일인가를 새삼 깨달았다. 만추에 나 자신을 돌아보게 해준 소중한 기회와 시간에 대한 고마움도 물론 함께였다.

## 돌이켜 보는 시간

S여고 3학년 담임선생님을 잊을 수 없다.

학교를 졸업한 지 수십 년이 흐른 지금 정년을 맞이하셨으니, 무척 오래된 추억과 기억을 더듬어야 할 것 같다.

그 무렵 나는 문예반 활동과 교내 합창단 지휘자, 전교 연극반장 등 다양한 활동을 하고 있었다. 당시 담임선생님은 연극반을 담당하고 계신 터라 좋아하고 존경하며 따랐다.

대학 진학 문제로 선생님과 상담을 하게 되었을 때, 나는 I시에 있는 교육대학에 진학하겠다는 의사를 밝혔다. 그런데 선생님은 고개를 갸우뚱하시며, “내 생각인데……, 박명자는 S시에 있는 교육대학에 진학하는 게 좋겠다”며 권유하셨다.

지금도 그렇지만 대개의 경우 자기 실력은 본인이 더 잘 알고 있다. 그런데 선생님은 나를 생각했음인지 더 좋은 대학으로 진학해 꿈을 펼치기를 바랐다. 그러나 그 고마움에 대한 보답은 마음으로만 끝났다. 나는 선생님과 부모님께 실망을 안겨드리는 결과를 가져왔다. 그 후 선생님은 재수를 생각한 나를 설득해 수원문화원 산하 아동극회인 색동극회 지도교사로 추천해줘 아이들을 지도하게 되었다. 그런 인연으로 젊은 날 수원문화원에 근무하게 된 것이다.

내가 색동극회 지도교사로 근무한 지 얼마 지났을 무렵, 선생님은 서울의 K고등학교로 전근을 가시게 되었다. 매사에 열정적이고 추진력이 대단하셨던 선생님은 그 이듬해 교감이 되셨다는 소식을 들었다.

그 해 나는 결혼을 하게 되었고, 직장도 옮겨 청소년단체에서 근무하게 되었다. 그 이후 스승의 날은 물론 선생님을 뵙고 싶을 때면 동창들과 함께 찾아뵙곤 했다.

그때 선생님은 "지금쯤 평교사로 있을 줄 알았는데 현재의 직장에서 많은 활동을 하며 애쓴다"며 자애로운 눈길로 늘 격려의 말을 아끼지 않았다.

가끔씩 안부 전화를 드리긴 했지만, 최근에는 바쁜 생활에 얽매여 전화도 자주 못 드렸다. 동창들의 모임을 통해서 근황만 알고 지낼 뿐 한동안 선생님을 찾아뵙지 못 한 것이다. 그런데 지난 겨울 선생님께서 정년을 맞아 출판기념회를 갖는다는 연락을 받았다. 바깥 날씨가 유난히 차가웠던 그날 설레는 마음으로 행사장에 도착했다. 각계각층에서 보내온 많은 축하 화환들과 사람들로 대성황을 이루고 있었다.

"선생님, 착한이(학창 시절 내 별명)입니다."

선생님은 깜짝 놀라시더니, 이내 내 손을 꼭 잡고 반갑게 맞아주며 안부를 물었다.

"그래, 요즈음은 무얼 하고 있지?"

나는 잠시 주저하다가 명함을 내밀었다. 선생님은 "역시" 하고 말끝을 흐리시면서 아주 대견해하는 표정을 지으셨다. 그 순간 아주 오랜만에 친정아버지를 만난 것처럼 내 가슴 한구석이 따뜻해 오는 것을 느꼈다.

아! '이것이 사제 간의 정인가 보다.' 여고 시절 선생님을 처음 뵈었을 때의 고매한 인품과 중후한 풍채 그리고 인자한 인상은 그때나 지금이나 여전히 변함이 없으시다.

나는 평생을 열심히 사신 선생님의 모습을 늘 존경하며 부러워했다. 2남 2녀 자녀들을 모두 의사, 검사, 음악박사, 약사로 키워 사회의 훌륭한 재목으로 가꾸어 내신 것이다.

한평생 후학 지도에 심혈을 기울이며 자신의 길을 가셨던 선생님, 인격과 덕을 갖추신 그 선생님이 정년을 맞아 더는 교직활동을 못 하시게 된 것이 참으로 안타까웠다.

한동안 그 분을 모습을 말없이 바라본다. 젊은 시절 꿈을 키우며 이상을 실현시키기 위하여 유난히 하얀 날갯짓을 하던 S여고 시절, 벗들과의 뒷동산의 추억을 더듬으면서 먼 훗날 내 모습을 선생님의 모습과 오버랩시켜본다.

시간은 가고 나이는 먹어도 젊은 날은 고스란히 거기 남아 그리움처럼 나를 받쳐주고 있다. 그리고 내일로 가는 길을 손짓하고 있었다.

# 행복 줍기

아침부터 하늘은 온통 바닷빛으로 물든 채 환한 웃음을 지으며 따스함을 대지에 뿌리고 있다.

고 3이라며 수선을 떠는 아들의 도시락을 싸기 위해 새벽부터 일어나 잠을 설쳤지만, 아침을 먹고 허둥지둥 뛰쳐나가는 아들의 뒷모습을 보니 대견하다는 생각이 들었다.

보통 때는 다시 잠을 청하곤 했지만, 오늘 같은 아침은 잠 대신 차 한 잔이 더욱 그리워지는 시간이다. 진한 커피 한 잔을 마시면서 카페인 같은 인생의 의미를 재음미해보고 싶고, 향기 나는 차 한 잔을 마시면서 사랑을 갈구하며 인생을 논하던 학창 시절로 되돌아가고 싶은 그런 시간이다.

물을 가득 담은 작은 주전자를 불 위에 올려놓고, 언제인가 애들이 엄마의 생일 선물로 사다준 레코드판을 틀었다. 집안에 잔잔히 흐르는 피아노 소리로 가득하고, 딸아이가 사다놓은 수줍은 안개꽃 한 묶음 너머로 꽃향기가 피아노 선율을 따라 마음을 넘나든다. 벽 한쪽에 눈을 지그시 감은 카랴안의 눈가엔 삶의 깊은 의미가 드리워져 마치 베토벤의 교향곡 9번 〈합창〉이 연주되는 엄숙한 순간과도 같다.

그야말로 평화로운 아침이다. 평화롭다는 표현보다는 행복하다는 표현이 더욱 어울리는 아침이다. 아니 인도의 시인 타고르의 「기탄잘리」가 생각나는 사랑스런 아침이다. "동방의 작은 나라 코리아에서 밝은 빛이 빛날 때 세계는 평화로우리라"는 그의 예언이 실현되는 그런 아침을 꿈꾸는 아침이다.

시계추의 움직임을 따라 바삐 움직이고, 보다 높고 먼 곳을 향해 앞만 보고 달려가는 삶 속에 문득 찾아온 작은 여유는 진정 행복이라 부를 수 있는 게 아닐까 자신 스스로에게 물어본다.

언젠가 학교 후배로부터 "행복하냐?" "행복이란 무엇이냐?"는 질문을 받은 적이 있었다. 그때 나는 즉답을 못하고 주저주저했던 기억이 난다. 그때는 행복이란 단어가 손으로 잡기 어려운 신기루였으며, 눈으로도 식별하기 어려운 너무나도 추상적인 것이어서 그랬던 것 같다.

하지만 지금 누군가 내게 같은 질문을 던진다면 이렇게 대답하리라. "행복하다. '행복'이라는 것은 인간의 '모둠살이' 속에 존재하는 아주 작은 소망 같은 것"이라고 말이다.

평소 무심코 지나치던 길가에 어느 날 문득 수줍게 핀 작은 들꽃을 보았을 때 느끼는 상큼한 충격, 동네 어귀에서 만난 낯익은 꼬마아이가 인사하는 환한 얼굴, 오래도록 잊고 지내던 친구로부터 걸려온 전화 그리고 아주 무심히 찾아온 시간의 여유 속에 나도 모르게 느껴지는 마음의 평화로움이 행복이 아닐까.

내가 감당할 수 없는 커다란 행복을 얻기 위해 앞만 보고 뛰어가기보다는, 우리 주변에 지천으로 널린 작은 행복의 알갱이들을 넉넉한 마음으로 하나 둘 망태기에 주워 담으며 걸어가는 시인의 마음이 되고 싶다.

혹자는 말한다. 현대인들은 자기 삶을 살기보다는 타인에 의해서 덤으로 살아지고 있다고 말이다. 오늘 아침과 같은 마음의 여유가 존재할 때 우리들의 삶은 덤으로 사는 인생이 아니라 능동적으로 자기 인생을 바꾸어나가는 그런 삶이 아닐까 생각한다.

불 위에 올려놓은 찻주전자가 요란한 소리로 들썩거리며 날 부르고 있다. 조금은 사치스러운 마음으로 투명하게 빛나는 고운 잔을 꺼내 뜨거운 물을 찻잔 가득 붓는다. 그리고 커피 한 스푼을 넣는 순간 물과 한몸이 되어가는 부드러움을 본다. 붉고 검게 우러나오는 향내 속에 가슴을 묻고 오래도록 생각에 잠긴다.

어느새 활짝 갠 파란 하늘이 늦가을 낙엽을 뚝뚝 스산하게도 떨어뜨리고 있다. 창 너머에 싸한 겨울바람이 저 낙엽을 다 쓸고 지나가기 전에, 오늘 소중하게 간직할 행복한 순간을 낙엽처럼 주워 모아 간직하리라.

# 20년, 오랜 기다림의 선물

살다보면 선물을 주고받는 일이 종종 생긴다. 생일이나 입학, 졸업, 설날, 추석, 합격, 크리스마스 등 서로의 정을 나눈다. 그리고 그 선물을 받고 즐거워한다. 선물은 보내는 사람의 소중한 마음이 담겨 있기 때문이다.

나는 이제까지 여러 사람으로부터 선물을 받은 일이 가끔씩 있었지만, 그 누구의 선물보다 남편으로부터 선물을 받았을 때가 가장 기뻤다.

줄곧 직장생활을 하다 보니 나는 모임에 참석하는 일이 많다. 그런데 모임에 참석하다 보면 남편으로부터 받은 선물을 자랑하는 친구들을 종종 보게 된다. 어떤 친구는 결혼기념일과 생일을 잊지 않고 챙겨주는 남편 자랑을 하는가 하면, 어떤 이는 분위기 있는 장소에서 외식을 하고 장미꽃 선물도 해준다고 자랑이다.

그런 친구를 만나고 돌아오는 날은 왠지 쓸쓸한 기분이 든다. 자신에 대한 원망보다는 남편에 대한 서운함 때문이다.

남편에게 친구들의 이야기를 해주면 그이는 피식 웃고 돌아앉는다. 그러는 그이의 정신적인 구조는 도대체 어떻게 만들어졌을까? 궁금해 한 적도 한두 번이 아니다. 아니, 가끔 뭉게구름이 둥실둥실 피어 있는 먼 하늘을 바라보면서 난 어쩌다가 저렇게 무감각한 남자를 만났을까 하고 후회를 한 적도 있다.

하기야 본인의 물건도 잘 고르지 못해 때때로 무엇 무엇이 없다고 부탁할 때마다 도대체 누구는 손이 없나 발이 없나 하고 면박을 당하는 남편이기도 하다.

오래 살다 보면 부부는 성격도 모습도 닮는다고 하는데 20여 년을 살다보니 나도 이제는 그런 성격을 닮아 온 것은 아닐까? 그런데 나에게 아주 믿어지지 않는 일이 일어났다.

3년 전 가을이다. 하늘이 푸르고 노랗게 물든 가로의 나뭇잎들이 한잎 두잎 떨어져 내리는 십일월 중순쯤으로 기억된다. 남편이 K지방에 있을 때였다. 갑자기 내 주민등록등본 한 통을 떼어 보내 달라고 했다. 왜 그러냐고 물었더니, 그냥 보내만 달라고 성화다.

그 일이 있은 후 일주일이 지나 전화가 왔다. 오늘 외출할 계획이 있느냐? 오후 5시경엔 꼭 자리를 지키라고 때 아닌 부탁이며, 자상한 그이의 태도가 여느 때와는 달랐다.

평상시와 다른 남편의 행동을 궁금하게 생각하고 있는데

손님이 왔다고 연락이 왔다. 나가보니 그이를 도와주는 K씨였다. 그리고 ○○자동차에서 생산되는 은빛 캐피탈 자동차 한 대가 있었다.

K씨는 나에게 승용차 열쇠를 건네주었다. 결혼기념일 선물로 승용차라니! 나는 너무나 급작스런 큰 선물에 그간의 섭섭함과 주민등록등본에 대한 의문이 싸악 사라졌다. 그때의 기분은 하늘이라도 날아갈 듯 구름보다 가벼웠다.

평소 모습을 잘 아는 나로서는 혹시 그이가 어떻게 된 것이 아닌지 걱정스럽기까지 했다. 무슨 말로 표현을 해야 할지 얼굴과 몸이 달아올랐다. 이렇게 고마운 남자가 바로 내 곁에 있다는 사실을 느끼지 못한 채 그동안 섭섭한 마음을 가져왔다니…….

20여 년을 살면서 때때로 서운했던 감정의 조각들이 따스한 봄볕에 얼음 녹듯이 한 조각 한 조각씩 녹아내렸다. 무엇을 사줄까 곰곰이 생각하고 결정을 하여 보내준 선물이 평상시 내가 원했고, 그렇게 갖고 싶어 했던 승용차다. 그런 선물을 골라서 깜짝 놀라게 해주려고 20년 동안 뜸을 들였나 생각하니, 새삼 남편의 나에 대한 사랑과 깊은 마음이 헤아려졌다.

그날 밤은 너무 기뻐서 잠을 이룰 수가 없었다. 나중에 깨달은 사실이지만, 사랑하는 사람이 사랑을 가득 담아 마음에 안겨준 선물이었기 때문이 아닌가 싶기도 했다. 감격의 눈물로 밤을 지새우던 그 밤! 아마 내 삶이 다할 때까지 잊지 못하리라.

20년 만에 나도 지우(知友)들에게 자랑할 이야깃거리가 생겼다는 으쓱함이 더욱 나를 행복감으로 빠져들게 했다. 그날 나의 눈물이 오래오래 마르지 않았던 것은 그이의 늦게 철든 사랑 때문일까? 아니면 세월의 자락 속에서 새록새록 배어 나오는 부부라는 이름의 따뜻한 정 때문일까?

그날 일을 생각할 때마다 말없이 미소 짓는 그이의 모습에서 더욱 깊은 사랑을 느낀다.

## 새아기 은아에게

아침 7시 30분. 나도 모르게 시계를 보며 가슴이 설렌단다. 곧 너의 맑고 따스한 목소리가 전화기를 울리겠지. 네 시아버지도 아닌 척하지만 전화를 기다리는 걸 난 안다. 이렇듯 우리 부부의 하루는 새아기 너의 아침 인사로 즐겁게 시작되는구나.

새아기야! 결혼한 지 벌써 넉 달이 넘었는데 한결같은 너의 전화가 참 고맙고 대견하구나.

너를 내 아들의 아내로, 며느리로 맞던 날이 새삼 떠오른다. 지난 6월 초원웨딩홀은 너의 아름다움으로 빛났어. 내 아들도 새신랑답게 훤했지만 눈부신 네 모습이 나를 아주 행복하게 했단다.

어찌 나 뿐이겠니. 너를 바라보는 모든 사람의 가슴이 환해지는 느낌을 받았을 거라 생각해. 그래, 아름다움은 세상을 밝게 만드는 힘이야. 그렇지만 내면의 성숙한 아름다움이 동반되지 않는다면 그 빛이 바랜다는 것을 너도 알 거야. 그날 너희 두 사람의 모습은 아무리 보아도 싫증나지 않고 행복해 보여 눈물이 다 날 것 같았단다. 그리고 너희를 축복해 주신 여러 어른들과 친지, 하객들도 너무 고마웠지.

새아기야. 그날 한 서약을 단순히 결혼식의 한 과정일 뿐이라고 생각하지는 않겠지? 그건 평생 너희 두 사람이 가슴에 새기면서 지켜야 하는 아름다운 약속이란다.

그럼에도 그 서약을 못 지키는 부부들이 너무 많아. 자신을 더 소중하게 생각해 양보하지 않거나 약속을 지키기 위한 노력이 부족하다거나 해서겠지. 너는 현명한 아내이니 가정을 슬기롭게 가꿔나갈 줄 믿는다.

네가 이런 믿음을 심어준다는 게 정말 든든하고 예쁘구나. 부디 그날의 아름답고 행복한 모습 그대로의 좋은 아내, 좋은 남편이 되어 사랑과 행복으로 충만한 가정을 만들어가기 바란다.

훌륭한 아내가 되려면 새아기 네 마음이 행복하고 밝아야 해. 그래야 네가 사랑하는 남편과 언젠가 태어날 아가의 마음도 밝아지고, 그 밝음이 모여서 한 가정을 이루고 한 사회를 이뤄 이 세상이 밝아지는 거란다. 외모만큼 마음도 예쁘고 밝은 우리 새아기. 앞으로도 지금처럼 변함없이 주위 사람들을 행복하게 해주길 바란다.

새아기야! 아내의 중요한 역할 중 하나가 내조이지만, 남편의 자존심을 살려주는 것도 중요하다고 생각해. 서로를 배려하고 존중한다면 자연스럽게 될 거야. 남편에게 온유함과 겸손으로 대하고, 남편 또한 그리한다면 기쁨과 보람을 누릴 거야. 한 가정의 행복은 서로에 대한 이해와 사랑에서 비롯되는 것이니만큼, 그런 마음가짐이 없다면 서로를 위하기가 어렵단다.

여성은 남성보다 부드럽고 약해 보일 수 있지만 모성이 있어 강하고 아름다운 거야. 부드러움이 강함을 이기는 것이란다. 그래서 따뜻하고 부드러운 마음으로 남편을 감싸줄 수 있고, 때로는 어머니 같이 혹은 누나 같이 넓은 아량과 이해를 가지고 남편을 쉬게 할 수도 있는 거야.

네가 매일 남편이 좋아하는 음식을 만들기 위해 고민하고 애쓰는 것, 그것도 사랑에서 우러난 여성의 부드러운 마음 아니겠니? 사랑하니까 더 맛있는 것도 해주고 싶고, 자신을 바쳐서라도 한 남자를 행복하고 건강하게 해주고 싶은 거지. 그게 여성의 기쁨이고 보람이기도 해. 물론 직장생활과 개인으로서의 자아실현도 중요하니 네가 슬기롭게 해 나갈 거라 믿는단다.

은아야! 이렇게 쓰다 보니 딸처럼 네 이름을 불러보고 싶구나. 내가 너에게 이런저런 당부를 한 것처럼 나도 노력을 하마. 일찍부터 직장생활을 해온 시어머니로써 도울 것은 도와가며, 너를 딸처럼 여기는 멋지고 센스 있는 어머니가 되도록 할게. 아니 네가 우리 친지, 이웃과도 잘 지내는 현명한 며느리가 되려고 노력할수록 나도 최고의 시어머니가 되도록 노력할게.

남들이 부러워하고 샘내는 다정한 고부 사이가 되어보자, 응? 여행도 함께 다니고, 음악회나 영화도 손잡고 보러가는 친구처럼 지내자꾸나. 네가 낳을 아기, 내 손주를 생각하면 정말 가슴이 뛴단다. 그 아이들 손을 잡고 수원 거리를 마음껏 걸어보자.

새아기야. 이제 가을도 깊어가니 서로 좋은 책 많이 읽도록 하자. 책을 권하는 고부 사이, 참 아름답게 보이지 않니? 모쪼록 건강 유의하고 나날이 즐겁기를 바란다.

# 제2부

# 의정활동 및 사회활동

# 퇴임 그리고 새로운 출발

퇴임식장, '그대 가는 길에 영광이…'라는 플래카드가 걸려있다. '정책실장 퇴임식' 자리에는 나를 낳아주신 어머니, 그리고 나의 사회활동을 뒤에서 묵묵히 외조해준 남편이 조용히 자리를 빛내고 있었다.

퇴임식을 찾은 많은 분들께 감사하는 마음으로 악수를 나누는 동안 공인으로서 살아온 세월들이 주마등처럼 머리를 스치고 지나간다. 결코 짧지 않은 정당인으로서의 생활이 내 뼛속까지 깊게 스며들어 있음을 절감하는 순간이었다.

오늘 주인공이 되어 단상에 앉은 내 가슴은 설레었고 만감이 서려왔다. 벅찬 마음을 누르기 위해 밤을 새워 준비한 인사말이 들어 있는 주머니를 손으로 가만히 만져보았다.

나의 인사말에 앞서 도의원으로서 첫 출발을 알리는 영광의 자리임을 일깨워주는 축사의 말들이 이어졌다.

"…저는 오늘 퇴임식을 갖는 이 자리에 와서 박명자 의원의 새삼스러운 면모를 보고 놀랐습니다. 그동안 지역 정치 무대에서 십수 년 동안 여성조직을 이끌며 정치 역량을 발휘해온 것은 익히 알고 있었지만, 오늘 이 자리를 함께 하신 여성 지도자 한분 한분의 면모를 보고, 특히 당을 초월해서 참석하신 분들을 보고 과연 박명자 의원의 역량이 대단함을 새삼스럽게 느낍니다."

"…인생에 있어 40대가 가장 정력적이고 활기찬 세대라면, 50대는 원숙미와 노련미를 갖춘 세대입니다. 박 의원께서는 그 어느 곳에 계시든지 그 능력과 경륜을 십분 발휘하실 것으로 믿어 의심치 않습니다."

"…진정한 풀뿌리 민주주의 실현의 장인 도의회 의원으로서 개척의 삶을 선택하신 박명자 의원의 용기와 자신감에 격려와 찬사를 보내며, 하시는 모든 일에 반드시 소망스러운 결실을 맺을 것으로 굳게 믿습니다."

모든 분들이 내게 보내는 뜨거운 신뢰와 믿음의 새로운 사명감과 책임감으로 나를 일으켜 세워주었다.

내 인사말 차례가 되어 단상 앞으로 나아가 천천히 퇴임사를 읽어 내려갔다.

"오늘 바쁘신데도 불구하고 저의 퇴임의 자리를 빛내주기 위해 함께 해주신 귀빈 여러분께 감사드립니다. 특히 경기도지부 위원장이신 전용원 국회의원님과 이해구 국회의원님, 이한동 국회의원 부인이신 조남숙 여사님, 손학규 전 보건복지부장관님, 신영순 전 국회의원님, 김정숙 국회의원님께 감사의 말씀을 올립니다.

사람은 누구나 한자리에 오래 있다 보면 떠나고 싶은 마음이 드는 것 같습니다. 하지만 막상 떠나야 한다는 자리에 서고 보니 마음 한구석이 텅 빈 것 같은 허전함을 느낍니다.

저는 지난 86년 5월 1일부터 오늘에 이르기까지 13년 동안 우리 당의 사무처 당직자로 여성부장과 전국 최초 사무부처장, 정책실장의 직에 있었습니다.

이제 사무처 당직자로서의 자리는 떠나지만 당의 비례도의원으로 우리 당과 경기도의 발전을 위하여 작은 밀알이 되겠다는 것을 다짐합니다."

퇴임사를 하는 동안 난 몇 번이나 울먹여야 했다. 많은 분들이 지켜보시는 가운데 퇴임의 자리를 갖는 것이 가슴 벅차고 행복했지만, 떠나는 자리라서 역시 아쉬움도 컸다.

사회생활을 하면서 가정과 직장의 양립에 충실하려고 노력했지만 때때로 힘에 부칠 수밖에 없었다. 그때마다 힘이 되어준 남편 그리고 알게 모르게 도와주신 많은 분들의 얼굴이 그 자리에서 더욱 소중하게 빛나고 있었다.

어느 학교에서도 배울 수 없는 삶의 지혜와 용기, 사람에 대한 이해와 사랑을 배우게 해주었던 곳, 그곳을 떠나면서 난 새로운 다짐을 했다.

그동안의 경험과 연륜을 바탕으로 이제 경기도의원으로서의 활동도 누구 못지않게 충실해야겠다. 경기도민의 애환이 있는 곳이면 언제든지 달려가 문제 해결을 위해 최선을 다해 후회 없는 의정활동을 펼칠 것이다.

1998년 6월 26일은 내 인생에 있어 큰 전환점이 되는 날이었다. 개인 박명자보다도 더 큰 나를 원하고 있는 곳으로 힘찬 발걸음을 내딛게 해 준 그런 날, 난 심호흡을 크게 하고 하늘을 올려다보았다.

하늘도 한결 푸른빛으로 내 첫걸음을 지켜보고 있었다.

## ‘나’보다는 ‘우리’

6월엔 아카시아 꽃향기를 음미하며, 그리운 사람과 숲속을 산책하고 잔잔한 호숫가에서 잠시라도 나만의 시간을 가질 수 있다면 참으로 더 바랄 것이 없겠다.

이렇게 소중한 사색의 시간이 주어질 때 ‘우리 사회가 지금 어디로 가고 있는 것인가?’라는 질문을 내 자신에게 던져본다. 그리고 그 질문 앞에서 나는 국민의 한 사람으로서 무거운 책임감을 느끼게 된다.

정치인은 국민을 외면한 채 국회를 공전시키고 있고, 공공부문 노사들은 국민의 불편과 고충은 아랑곳하지 않고 줄다리기를 계속하고 있으며, 민간기업 노사들도 국제 경쟁력을 상실해가고 있는 지금의 사회 현상은 남에 대한 따뜻한 배려가 없는 자기주장만을 내세우려는 극단주의 논리가 지배하고 있다는 생각에 서글퍼지는 심정이다.

우리 모두는 지금 발전과 파국이라는 갈림길에서 우리의 능력을 시험받고 있다는 생각이 든다. 나는 이러한 변화가 우리 사회의 발전과 성장을 가져다줄 것이라는 확신에 서 있기에 고통스럽고 참기 힘들더라도 이를 인내하고 기다리는 마음을 가지게 된다.

우리 사회의 밝은 미래를 열어가는 데 있어 극단주의 논리, 자기주장만을 관철하려는 것을 전환기적 현상이라고 가볍게 보아 넘겨버리기에는 이미 때가 늦었다는 느낌도 든다. 이제 우리 모두가 슬기롭게 지혜를 모아 문제를 해결하는 데 동참해야 할 것이다.

해마다 6월이 오면 우리 모두는 오늘 이 나라가 있기까지 나라와 겨레를 위해 목숨을 바치신 호국선열의 값진 희생이 있었음을 결코 잊어서는 안 될 것이다.

이런 의미에서 최근의 사태들을 종합해 볼 때 근본적으로 문제 해결의 실마리는 국민의 소리를 겸허하게 받아들여 모든 문제를 대화와 타협으로 풀어가는 것이라고 생각해 본다. 우리 모두는 '나'를 버리고 '우리'라는 대의명분과 자기 자신이 서야 할 자리를 바로 찾아야 할 것이기 때문이다.

# 21세기와 함께 하는 경기여성정책

우리 경기도는 인구 1000만 명을 포용하는 거대 광역자치단체이며, 서울을 둘러싸고 있는 한반도의 경제·사회 중심지, 휴전선을 끼고 있는 안보 요충지이자 심장부로 다른 시·도와는 다른 특수한 여건에 놓여 있다.

따라서 풍부한 인적자원, 고부가가치 산업군의 밀집 등 장점도 갖고 있는 동시에 도로교통난, 주택난, 열악한 생활환경 문제 등 기반시설 확충 문제와 함께 상대적으로 소외되어 있는 계층에 대한 복지 수요 욕구를 풀어야 할 과제를 안고 있기도 하다.

특히 21세기를 맞이하여 급격한 사회 변화와 함께 지역 문제는 지역 스스로 해결하고 삶의 질을 높여 나간다는 지방자치의 기본 이념 아래 전체 인구의 절반을 차지하는 여성의 동참 없이는 국가 및 지역 발전을 기대할 수 없게 되었다.

이러한 차원에서 지역사회 주역으로서의 여성의 역할 및 지방정부의 여성정책 방향에 대한 도민의 관심도 점차 증대되고 있는 것이 오늘의 현실이다.

우리 경기도는 전국 최초로 국 단위조직인 여성정책국을 신설하여 다양한 정책 개발과 체계적인 업무 추진을 가능케 함으로써 궁극적으로 경기 여성의 삶의 질을 향상시키는 초석을 마련하였다는 평가를 받고 있다.

경기도 여성정책국은 여성·노인·아동·보육·청소년 등 이른바 '요람에서 무덤까지' 관련된 업무를 총괄하고 있으나, 여기에서는 여성을 중심으로 한 정책만을 정리하고자 한다.

21세기는 정보화·국제화 사회로서 우리 여성정책도 대·내외적으로 끊임없는 도전과 변신을 요구받고 있다. 따라서 지식기반 정보사회에 걸맞은 여성 전문 인력 양성과 소외계층 여성의 권익 향상을 통한 남녀평등사회 구현이야말로 지역사회 발전을 위한 필수적인 요소라고 할 수 있다.

이에 따라 우리 경기도는 각종 위원회 여성 참여 제고와 여성발전기금 조성 등 사회 모든 영역에서 여성의 참여를 촉진하고, 대표성과 경쟁력을 제고할 수 있도록 여성 발전 인프라를 구축하는 데 힘써 왔다.

여성인적자원개발계획 수립을 통한 여성 전문인력 양성, 창업교육 및 직업훈련 등을 통한 잠재능력 개발과 경제활동을 지원하는 한편 성폭력·가정폭력 예방사업과 피해자 보호 등 소외계층 여성 인권 신장에 역점을 두고 추진하고 있다.

아울러 다양하고 편리한 보육 서비스 제공으로 영·유아의 건전 육성과 더불어 여성들의 사회활동을 제약하고 있는 보육 문제 해결에도 많은 발전을 가져온 것으로 평가받고 있다.

앞으로 민선 3기 여성정책 방향은 그동안의 추진성과 분석을 토대로 기존의 사업을 보완·발전시켜 나가는 한편, 일부 계층이 아닌 사회 저변 여성의 참여 기회 확대를 위한 제도적 기반 마련과 소외계층 여성들에게 수혜가 돌아갈 수 있는 프로그램 개발에 힘써 나갈 계획이다

즉 일반 여성의 참여 기회 확대를 위하여 정치·경제·사회·문화의 모든 영역에서 남여 차별적인 내용을 내포하고 있는 자치 법규를 정비하고, 변화하는 경기 여성의 현안과 문제점을 파악하여 성별 분리 통계자료 생산을 위한 경기 여성 통계조사 연구를 하고 있다.

그리고 21세기 경기 여성의 전략적인 발전과 다양한 여성의 요구를 수용할 수 있는 여성개발원 설립을 추진하는 한편, 설립 자본금 중 50% 이상 도 출연기관 대상으로 여성취업할당제 시행과 여성 IT 정보, 교육 정보, 취업 정보 실시간 제공을 위한 IT 교육 전용 홈페이지 운영 등이 좋은 사례라 할 수 있다.

또한 저소득 모자가정의 자활 능력 배양과 가정폭력·성폭력 예방 프로그램 및 보호시설 확충, 성매매 여성 전문상담원 육성 그리고 외국인 피해 여성을 위한 다자간통역시스템 구축과 영어·러시아 어 구제 안내서 발간 배포 등 보호를 필

요로 하는 여성지원사업도 지속적으로 발굴·추진해나갈 방침이다.

이러한 정책 내용들이 담긴 '경기여성발전 5개년 시행계획'을 현재 수립 중에 있으며, 시행 계획이 마련되면 경기 여성의 현실 여건 진단 및 전망을 기초로 연차별 실천 계획을 수립하여 여성정책 추진의 지침서로 활용할 계획이다.

그러나 이러한 정책들이 목표한 대로 실현되기 위해서는 충분한 인력·예산의 뒷받침과 함께 정책의 형성·집행·평가 과정에서 각계각층의 협조와 참여가 무엇보다 중요하다고 생각하고 있다.

따라서 '경기도 중장기지방재정계획'에 여성정책 필요 예산을 충분히 반영하여 연도별 사업 추진에 차질이 없도록 하는 한편, 도의회, 여성단체, 푸른경기21실천협의회를 비롯한 시민단체 등 NGO와의 동반자적 역할 분담을 통해 함께 고민하고 협력함으로써 경기여성정책이 보다 발전될 수 있기를 기대해 본다.

[푸른경기 21, 2003. 6]

# 세계화와 여성

세계화 과정에서 여성이 얼마나 적극적이고 능동적으로 참여하고 있느냐 하는 것은 여성들에게 매우 중요한 과제다. 우리의 여권 신장은 여성들의 지속적인 노력과 사회 참여를 통하여 많은 발전을 가져왔다.

2000년 한 해 동안 여성의 법적 지위 향상은 지난 제216회 임시국회에서 제·개정된 여성 관련법을 중심으로만 살펴보아도 30% 여성할당제를 명시하도록 한 정당법 개정, 청소년 성 보호에 관한 법률 제정, 국민연금법 개정 그리고 여성부 신설을 포함한 정부조직법 등을 들 수 있다.

교육공무원법과 사립학교법은 지난해 1월 28일 남녀고용평등법과 같은 수준인 '1년 이내의 육아휴직기간은 근속기간을 산입하는 것'으로 개정됨에 따라 육아휴직기간을 근속기간으로 인정함으로써 여성에 대한 고용 여건의 개선을 기하였다.

이밖에 정보화사회의 디지털 디바이드를 해소하기 위해서 정보 소외계층에 여성도 해당한다고 보고 정보 격차 해소를 위한 정보화 교육의 대상으로 '여성 중 대통령령으로 정하는 자'를 포함시켰다. 아울러 정부조직법 개정은 대통령 직속 여성특별위원회를 폐지하고, 여성부 출범과 함께 남녀차별 개선위원회가 신설됐다.

지난해 여성 관련법의 두드러진 변화는 새로운 법률 제정보다 기존 법률의 성 차별적 조항들을 개선하고 여성의 권익을 강화하기 위한 법 개정이 활발하게 이뤄졌다는 점이며, 이러한 추세는 계속 이어질 것으로 전망된다.

한편 2002년 미국 선거에서는 여성 상원위원으로 12명(12%, 민주당 9명, 공화당 3명)이 당선됐다. 그 중 힐러리(민주당)는 뉴욕 주 여성 최초의 상원의원이자 퍼스트레이디가 의회 선거에 출마하여 상원의원이 된 최초의 여성이다.

여성 하원의원은 민주당 41명, 공화당 18명 등 총 59명(13.5%)이 당선되었다. 주 행정부(선출직)에 참여하는 여성은, 여성 주지사 5명(민주당 2명, 공화당 3명)을 포함하여 총 88명이다. 이는 여성들이 의사 결정 권력에 적극적인 참여를 함으로써 점진적으로 사회 경쟁력을 확보해 나간다고 볼 수 있다.

프랑스 국립행정학교는 개교 이래 마리 프랑수아즈 베슈텔의 첫 여성 교장을 탄생시켰으며, 전 세계 2700만 난민들의 대모 오가타는 제5회 서울평화상을 수상하는 등 세계적으로 여성들의 활약이 두드러졌다.

그럼 세계화를 지향하는 시대적 상황 속에서 여성으로서 갖추어야 할 것이 무엇인지를 생각해 본다.

첫째, 새로운 상황에 적극적으로 대응하는 여성이 되어야 한다. 세계화에 따른 새로운 기회와 가능성의 증대로 많은 여성들이 임금 노동시장으로 편입되면서 과거와는 또 다른 형태로 육아 및 가사 부담의 문제로 고통을 받고 있다. 전통적으로 여성들에게 부과되던 보살핌의 서비스는 여성들의 임금시장 진출로 전과는 다른 상황에 직면해 있다. 따라서 이러한 상황 변화에 대응하는 새로운 규칙을 만들어가는 자리에는 여성의 권리를 주장할 수 있는 여건을 조성해 나가야 하는 것이다.

둘째, 여성적 가치의 보편적 가치로의 승화다. 세계인권선언은 '모든 사람은 그들 국가의 정부에 참여할 권리를 갖는다'고 명시하고 있다. 정부 및 행정부의 정책 결정직에 있는 여성은 여성의 성, 특정적 관심사, 가치와 경험을 반영하고 표명하는 정치적 의제에 대한 새로운 항목을 설치하는 등 양성 평등을 바탕으로 21세기가 추구하는 삶의 모습을 지향해 나아가야 할 것이다.

셋째, 비판적 시민으로서의 여성이다. 여성이 할 수 있는 시민으로서의 책임 있는 역할은 의사 결정직에 직접 참여함으로써 기능을 발휘하는 것은 물론이고, 일상적인 참여를 통해서 영향력을 행사하는 시민의식을 발휘하는 것이 중요하다.

전 세계를 하나로 묶는 지구촌의 변화로 여성 문제 해결 의지와 여성 인력 양성을 위한 과감한 투자는 여성 문제가 더 이상 부차적 의제가 아닌 민주적 체제 관리의 핵심 영역으로 다루어지고 있음을 의미한다고 볼 수 있다.

[경기일보, 2001. 7. 7]

# 지구온난화 대처,
# 저탄소 녹색성장에 나서자

21세기 들어 지구온난화로 엘니뇨 등 이상기후가 잇따르고, 지구 생태계도 변화하고 있다. 이에 각 나라와 각 자치단체에서 이상기후에 대한 연구 또한 활발히 진행되고 있다.

특히 2013년 이후 발효되는 탄소가스 감축을 위한 국제적 요구에 맞춰 이명박 정부에서는 저탄소 녹색성장을 국가 주요 슬로건으로 정해 추진에 박차를 가하고 있다.

이에 따라 수원시의회도 지난 2008년 12월에 필자를 비롯한 여섯 명의 의원이 '수원시 환경단체연구포럼'을 발족해 환경 문제에 해박한 지식을 가진 김명욱 의원을 주축으로 본격적인 활동에 들어갔다.

이와 별도로 집행부인 수원시 또한 ICLEI(국제환경지자체협의회) 이사 단체 市(시)로서 기후 변화에 대한 국제적 노력에 적극적으로 동참하고 있어 시의회와 집행부가 환경 문제 해결을 위해 공동으로 노력하고 있다.

지난 1월 중순경 필자는 시의회 환경단체연구포럼 소속 의원들과 함께 저탄소 녹색성장 정책을 성공적으로 추진하고 있다는 제주도 신재생에너지 연구기지를 방문했다.

제주 지역은 신재생에너지시스템 기술 개발의 최적 장소로 실증사업을 통한 산업화 촉진과 보급 활성화가 가능한 곳이다. 특히 풍력·태양력·태양광 등 천혜의 신재생에너지 자원이 풍부해 여러 지역에서 산발적으로 추진되고 있던 연구 개발을 통합하고 2003년부터 연구기지를 구축해나가고 있는 것을 보고 많은 것을 느꼈다.

또 외국의 대표적 사례로 아랍에미리트(UAE)의 수도인 아부다비 시에서 추진하고 있는 신도시 마스다르시티를 들 수 있다. 2016년까지 인구 5만 명 규모로 건설 예정인 이 신도시는 모든 에너지를 태양열·수소·풍력 등으로 조달하고, 교통수단을 청정에너지만을 사용하는 시스템으로 구축하는 등 화석연료를 전혀 사용치 않는 카본프리(Carbon-Free) 도시를 표방하고 있다.

따라서 우리 연구 포럼에서는 수원시 특성과 여건에 맞는 새로운 환경정책을 발굴하고, 기후 변화 대책을 위한 에너지 기본조례 제정, 온실가스 감축을 위한 시민행동 수칙 마련을 주요 활동 방향으로 정했다.

이를 위해 각 자치단체와 외국인 선진 사례를 연구하고, 관계 전문가 초빙 토론, 시민 설문조사 및 토론회 개최 등 다양한 방안을 강구할 계획이다.

연구활동과 별도로 집행부와 함께 가정과 직장을 대상으로 냉·난방에너지 절약, 수돗물 절약, 차량 공회전 자제, 대중교통 이용, 카풀(Car Pool)제 활용, 차량 10부제 동참 등 일상생활에서 손쉽게 참여할 수 있으나 잘 지켜지지 않는 에너지 절약 실천 운동을 확산해 나갈 계획이다.

지구온난화에 대처하는 국가와 자치단체의 노력 여부는 선택의 문제가 아니라 이제는 필연적 문제이다.

따라서 정부의 저탄소 녹색성장 정책이 성과를 거두려면 각 자치단체 또한 지역 실정에 맞는 환경정책을 보다 강하게 추진해야 할 것이다.

[수원신문, 2009. 2. 10]

# 여성 議員이 본 道 복지행정과 정책 참여

경기도의 사회복지 관련 조직은 공공부조의 핵심인 기초생활보장제도와 장애인, 사회복지시설, 공동 모금회 관련 업무 등을 보건복지국에서 수행하고, 아동·노인·보육원 관련 사회복지서비스는 여성정책국에서 이루어지고 있어 상호연계의 효율성은 물론 사회복지 행정의 종합적인 추진에 걸림돌로 작용하고 있다.

타 시도에 비해 경기도의 사회복지 행정이 부분적으로는 앞서고 있으나, 종합적인 비전 제시와 그에 대한 원활한 추진이 이루어지지 못하고 있는 실정이다.

이와 같은 상황에서 사회복지 직렬의 공무원마저 전무하여 복지행정의 전문성과 효율성을 기대하기란 더욱 어렵다. 일부 별정직 신분의 전문직 공무원이 여성정책국에 있다고 하나 대부분 직원들의 잦은 인사 이동으로 전문성을 발휘하지 못하고 있다.

그뿐만 아니라 읍·면·동에 사회복지직이 전면 배치되고 있고, 시·군에서도 일부 배치되고 있는데 반해 도의 보건복지국과 여성정책국에는 단 1명의 사회복지 전문 공무원도 배치되지 않고 있는 상황이므로 중앙과 기초자치단체에 대한 광역자치단체 역할이 매우 미흡하다.

또한 도내 저소득 취약계층은 여성이 절반을 차지하고 있어 여성 실업에 대한 지속적 관심이 필요한 실정이다. 저소득계층의 자활·자립을 위한 정책 개발이 있어야 하며, 이는 단기적인 자활근로인 공공근로의 모습을 벗어나 직업 능력 개발 형태로 전환, 빈곤 탈피의 확실한 시책으로 이루어져야 할 것이다.

직업은 남성과 여성 모두에게 사회적 인정과 참여 존중을 위해 중요하다. 그러나 우리는 노동시장에서 남녀 간의 불평등을 자주 발견한다.

여성들은 일반적으로 남성보다 수입이 적으며, 노동시장에서 하는 일의 형태와 범위에서 남성보다 열등하고 직업 자체도 남성보다 불안정한 직업을 갖는 경향이 많아 실직의 가능성도 남성보다 크다. 이 같은 불평등의 골은 해소 기미가 보이지 않고 있으며, 고급 분야에서의 그 차이는 더 크다고 볼 수 있다.

21세기 지역정보화 시대에 여성의 역할이 강조되고 있으므로 정책 입안에서부터 결정까지 전 과정에 참여할 수 있는 도의원과 상위직 공무원 등의 여성 확보가 절실한 실정으로 이에 대한 적극적 논의가 필요하다.

정치와 행정 부문에서 여성의 역할이 강조되면서 그 수를 늘려야 한다는 정부와 여성계의 목소리가 높고, 여성부도 신설되는 등 중앙의 움직임이 적극적인 데 반하여 경기도의 여성 의원 수는 단지 3명 뿐이므로, 전체 97명의 3%에 불과하여 부문별 정책 입안 또는 입법 과정에의 참여가 제한된 실정이다.

또한 고위공직자의 비율도 매우 낮으므로 사회 각 분야와 가정에 잠재되어 있는 고급 여성 인재를 발굴·활용하여 국가와 도정의 난제들을 여성 특유의 섬세함으로 풀어나가야 하는 시대적 사명이 크다.

사회복지정책은 국민의 복지 증진을 목표로 하고 있으며, 그 최종 목표는 모든 사회 구성원이 건전한 인간으로 육성·발전하도록 하는 데 있다.

또 사회복지 행정은 서비스 행정과 같다. 서비스를 제공받을 대상에게 최고의 서비스를 제공하기 위해서는, 과연 위에서 제기한 사회복지 행정과 여성에 대한 종합 행정을 어떻게 추진하여야 할지 심사숙고하면서 다음과 같이 제안하고자 한다.

첫째, 경기도의 복지행정체제 발전을 위해서 조직 진단이 필요하다. 이원화된 사회복지 행정을 종합적으로 검토, 일원화하여 포괄할 수 있도록 해 도민들에게 중·장기 비전이 확실히 제시될 수 있도록 하고, 도에 사회복지직 공무원을 배치해 전문성을 발휘할 수 있도록 하여 고위직까지 단계적으로 확대하여야 한다. 아울러 이를 위한 도지사의 결심 제고를 촉구하고자 한다.

둘째, 여성의 직업 능력 개발을 위한 시책이 필요하다. 기초생활수급자 차상위계층, 모자가정 등 저소득 취약계층의 가구원 중 근로 능력이 있는 여성에 대한 직업능력개발시책을 발굴하여야 한다.

셋째, 여성 인재의 도정 참여를 위하여 여·야를 망라한 정당과 행정 부문에서 경기도 여성의 역할이 앞서 나갈 수 있도록 도의원, 고위공직자의 수를 늘려나가는 정책적인 활동이 필요하다.

[경기일보, 2001. 4. 17]

# 여성의 통일운동 참여

많은 사람들이 평화통일운동에 참여하여 왔고 지금도 참여하고 있다. 우리나라는 2차 대전 후 세계에서 아직도 통일을 이루지 못한 유일한 분단국가로서 그 아픔이 큰 만큼 평화통일에 대한 열망이 더욱 크다 하겠다. 그러나 여성이 통일운동에 참여하는 것은 아직 낯설게 여겨지고 있다.

이 낯선 주제를 어떻게 여성 대중에게 친숙한 그 무엇으로 다가가도록 하고, 통일이 왜 여성의 삶과 지위에 결정적인 역할을 하는가를 이해시키는 것이 시급한 여성 통일운동의 과제라고 본다. 여성 통일운동의 출발점을 발견하면서 동시에 대중화를 모색해야 하는 것이다.

이 같은 관점에서 여성이 어떻게 평화통일정책 결정에 주도적으로 참여할 것인지는 통일정책이나 운동 분야에서 여성 참여율의 향상과 관련하여 부딪히는 딜레마로서, 여성 참여는 비율상 증대가 중요한 것이 아니라 조직된 여성운동의 대표성이 나올 수 있도록 하여야 한다.

다시 말하면 시민적 민주주의를 형성해 나가는 과정에 여성들은 자신의 목소리를 내면서 동시에 여성주의적 시각을 첨가해야 한다. 그리고 이를 민족국가 형성에 대한 통일운동에 적용하여 국민의 절반을 차지하는 여성들이 보다 적극적으로 통일운동에 참여해야 비로소 통일국가 형성에 제 기능을 발휘한다고 믿는 것이다.

독일의 사례가 말하듯이 평화의식의 확산은 민간단체를 통하여 이루어지는 만큼 여성의 통일운동 대중화에 중요한 역할을 수행하는 여성 민간단체의 적극적인 참여는 그 의미가 매우 크다 할 것이다.

또한 대중화의 시점과 관련하여 여성 통일운동은 어느 정도는 여성에 대한 관용과 평화체제를 지향하는 여성의 평화통일 교육에서 시작해야 하는 암시를 간과해서는 안 된다.

그러기 위해서는 체계적인 교육 프로그램과 실행 방향을 정교하게 짜는 일에서부터 출발해야 할 것이다. 정부가 제도적 차원의 교육제도에서의 통일 교육 실시는 주도하더라도 민간단체를 통한 평화통일 교육에 대한 지원을 아끼지 말아야 한다.

그러나 현실은 이와 거리가 멀다. 남성 전유물화 한 통일운동 지향은 범국민적 의지로 표현되기에는 실제적 논리적 오류를 내포하고 있다.

역대 어느 정권보다 통일 논의가 활발하다고 자부하는 '국민의정부'에서 이처럼 편향적 시각을 갖고 있는 것은 실로 유감이 아닐 수 없다.

평화통일운동에 여성의 참여가 전적으로 고려되지 않은 근원적 정책 모순을 지금이라도 시정하고자 하는 결단이 요구되는 것이다.

앞서 밝힌 체계적 프로그램 개발과 더불어 정책 결정의 대표성 있는 참여에서 일반 여성의 대중적 참여를 유도하는 여성단체의 통일운동 참여 제고는 그리 어려운 일이 아니다. 정부가 결심만 하면 당장이라도 실행할 수 있는 명실상부한 통일운동의 완결판으로 평가되기에 충분하다.

이 점에서 얼마 전 수원YWCA가 가진 '여성의 통일운동 참여' 주제의 논의는 그 의미가 매우 깊다.

낯설게 여겨져 온 여성의 통일운동 참여 열기가 여성운동의 교두보인 여러 여성 단체에서 특유의 여성적 시각에 의해 연대적으로 제기되기를 기대하고 싶다. 정부 또한 이에 지원 대책이 각별히 강구돼야 하는 사실을 거듭 강조해둔다.

[경기일보, 2001. 11. 5]

# 여성이 만드는 '세계 속의 경기도'

지식정보화를 화두(話頭)로 시작된 21세기 새 시대에 있어 또 하나의 화두는 21세기가 여성의 시대가 될 것이라는 것이다.

우리 도의 경우도 여성인구가 도 전체 인구의 절반인 477만 명에 이르고 있으며, 사회 각 분야에서 여성들의 활동이 괄목할만한 급성장을 보이고 있다.

필자는 이러한 경기도의 여성정책을 총괄하고 있는 실무국장으로서 막중한 책임감과 사명감을 느끼면서 무한봉사와 무한책임의 신념으로 여성의 잠재력을 일깨워 '세계 속의 경기도'를 구현하는 데 최선을 다하고자 한다.

지난날의 산업사회가 남성 위주의 시대였다면 지식정보화로 대변되는 21세기는 지적·감성적 능력을 겸비한 섬세한 여성의 시대가 될 것이라는 데는 이론이 있을 수 없다.

실제로 '금녀(禁女)의 영역'이었던 육·해·공군 사관학교에 여성들이 입학하고, 해사와 공사는 여성이 수석 입학한 것은 이 같은 사실을 반증해 준 일대 사건이었다.

또한 올해 외무고시 합격자의 46%가 여성이었으며, 여성이 전체 공무원의 31%를 차지하고, 공무원 시험 합격자의 65%가 여성이라는 사실은 여성 시대가 본격화되고 있다는 것을 극명하게 대변해주고 있다.

이러한 의미에서 한반도의 심장부인 우리 도에서는 여성 인적자원의 개발과 활용을 통해 '세계 속의 경기도'를 구현하고, 국가 발전을 선도할 수 있도록 다양한 여성정책을 펼쳐가고 있다.

우선 여성자원의 효율적 활용과 여성의 사회 참여 확대 등의 여성정책 개발과 여성 관련 기관 및 단체의 구심체 기능을 수행하게 될 '경기여성개발원' 설립을 추진하고 있다.

또한 여성의 유휴인력 활용을 위한 '경기여성인적자원종합개발계획'을 수립·운영하고, 여성 인권 보호를 위해 성폭력·가정폭력 피해자 보호시설을 권역별로 확충할 계획이다.

특히 도 출연기관에 대해 여성을 일정 비율 이상 채용토록 하는 여성취업할당제를 추진하고, 여성들이 안심하고 사회활동을 할 수 있도록 영·유아 보육시설을 늘려나가고자 한다.

이 외에도 차세대 여성 지도자 양성을 위한 여대생 캠프 운영, 여성의 삶의 질 향상을 위한 딸들의 캠프와 애니메이션 제작 보급, 초·중·고교생 성 교육 확대, 평등부부 프로그램 개발·보급 및 가정폭력 예방을 위한 캠페인 전개 등의 시책을 전개할 계획이다.

이제 여성은 '세계 속의 경기도'는 물론 국가경쟁력의 가장 중요한 변수이며, 우리 도의 여성이 선도적인 역할을 훌륭히 담당해줄 것으로 확신하고 있다.

이러한 차원에서 우리 여성 모두가 '세계 속의 경기도'를 여성의 힘으로 만들어 나가는 데 함께 동참하고 빼어난 슬기와 지혜를 하나로 모아 주시기를 기대해본다.

[안양여성, 2002년 겨울호, 통권 제18호]

# 청소년은 사회 발전의 원동력

흔히 청소년을 미래의 주인공이라고 합니다.

그러나 오늘날의 청소년은 미래의 주인공일 뿐만 아니라 우리 사회를 변화·발전시키는 중요한 원동력이자 자원으로 인식되고 있습니다.

이에 경기도는 청소년들을 사회 변화를 주도하는 중요한 자원으로서, 열정과 힘을 지닌 주체로서 무한한 잠재력을 가진 인간으로 성장하도록 청소년정책을 추진하고 있습니다.

그동안 경기도 청소년종합상담실은 청소년의 입장에서 그들의 고민과 성장에 늘 함께 해왔으며, 청소년을 문제의 시각으로 보기보다는 가능성에 초점을 맞추어 그들의 긍정적인 면을 사회에 환원할 수 있는 에너지와 힘으로 바꾸는 청소년사업의 선도적인 역할을 훌륭하게 수행해 왔다고 생각합니다.

신록이 짙어가고 더위가 시작되는 6월, 지난봄에 발행한 경기도청 소년 상담 소식지 창간호의 설렘에 이어 청소년 상담 소식지 제2호가 발간되었습니다.

〈경기도청소년상담소식〉이 청소년에 관심을 갖는 많은 사람들에게 유용한 정보를 제공함과 동시에 무한한 가능성과 희망을 엮어내는 청소년 상담사업에 경기도민의 힘을 모으는 통로가 되기를 바랍니다.

끝으로 어려운 여건 속에서도 항상 청소년들이 밝고 건강하게 성장할 수 있도록 남다른 애정과 열정을 갖고 청소년 건전 육성에 혼신의 노력을 다하고 있는 경기도 청소년종합 상담실 실장님과 직원 여러분들의 노고에 격려의 박수를 보내며, 청소년상담실의 지속적인 성장과 발전을 기대합니다.

[경기도청소년상담소식, 2003, 여름호]

# 출산장려정책에 대한 소고

"딸 아들 구별 말고 둘만 낳아 잘 기르자." 70, 80년대 당시의 사회 환경을 잘 말해주는 가족계획운동의 표어이다. 이 운동은 좁은 땅에 인구 증가로 인한 식량·교육·실업 등 사회 문제를 반영한 것이라 볼 수 있다.

1981년 발표된 인구증가억제 대책을 보면 가족계획에 참여하는 집에는 혜택을 주고, 3명 이상을 낳으면 불이익을 주는 내용이 주류를 이룬다. 아울러 불임시술 가정에는 생계비를 지원하고 자녀 진료비도 깎아주는 반면, 셋째부터는 의료보험도 받을 수 없었다. 이전의 가족 구성은 한 집에 형제가 3, 4명은 기본이고 7, 8명까지 자손을 보는 것이 일상이었다.

그 시대의 가치관은 자손을 많이 봐서 농사에 도움되고 조상님께는 후대의 가문을 번성시키는 것이 후손된 도리이자 사회·국가적으로도 충성하는 일이기도 했다.

지금 우리 사회는 출산율 저하로 인한 인구 감소 현상과 인구 고령화 등의 문제가 심각하게 대두하고 있다. 사회가 잘 돌아가려면 각종 재화의 생산 기반이 되는 가정이 먼저 이루어져야 한다.

그러려면 우선 노동력의 수급이 절실한데 출산율 저하로 노동력을 제공해야 할 젊은 피가 모자라게 되고 이것은 경제 마비, 출산율 저하의 악순환이 계속 이루어지게 될 것이다.

우리나라는 2030년 정도에 초고령사회로 진입한다고 한다. 초고령사회로 넘어가는데 프랑스가 150년, 미국이 80년, 일본이 35년인데 비해 우리나라는 25년이다.

초고령사회에 대한 준비 기간이 그만큼 짧기 때문에 지금부터라도 시급히 대책을 마련하지 않으면 돌이킬 수 없는 문제를 일으킬 것은 불을 보듯 뻔하다.

지난 9월, 필자는 이희정 의원과 함께 '수원시 자녀출산·입양지원금지급 조례'를 발의해 저출산 및 입양아에 대한 건전한 사회적 분위기를 조성하고자 했다.

앞으로 정부는 체계적인 국민 인식 전환 정책과 가족과 자녀의 필요성을 현 시대에 맞게 재정립하고 출산을 소중히 여기는 가치관을 심어주었으면 한다.

또한 출산 여성에 대한 사회 진출의 편견이 사라지도록 국민의 의식을 변화시켜야 할 것이며, 출산 후에도 경제활동에 제약 받지 않도록 다양한 제도를 도입해야 할 것이다.

[수원신문, 2008. 10. 21]

# 푸른 경기 어떻게 만들 것인가

21세기 가장 중요한 문제는 환경 보전이다.

우리는 그동안 배고픔을 달래기 위해 공장을 건설하는 등 개발 위주의 경제정책을 제일주의로 삼아 왔다. 그 결과 우리의 경제적인 삶의 질은 향상된 반면 조상 대대로 물려받았던 자연 환경은 파괴돼버렸다.

지금 환경운동연합 등 시민단체에서는 자연을 파괴하는 더 이상의 개발은 우리 생명을 위협하는 것이라며 정부의 개발 계획에 반대 운동을 벌이고 있다. 걸스카우트와 주부교실 활동을 주로 하다 98년 도의원이 되면서 보사환경위원과 함께 환경 분야에 관심을 기울이게 됐다.

우리가 살아가는데 개발을 피할 수 없다면 보전과 조화를 이루는 환경적으로 건전하고 지속 가능한 개발에 작은 힘이나마 보태기 위해서였다.

최근 아파트 분양에 친환경적이란 용어가 등장했지만 국내에는 아직 어떤 기준도, 제도적 장치도 없는 상태에서 소비자들에게 혼란을 불러오고 있다. 이로 인해 국가 차원의 제도적 장치가 시급히 마련돼야 한다는 주장이 나오고 있다.

하나뿐인 지구환경을 보전하기 위해 지난 1992년 '환경과 개발에 관한 유엔회의'에서 태동한 '푸른경기21'의 기본이념은 지역을 환경적으로 건전하고 지속 가능한 개발을 통해 도민들이 쾌적한 환경 속에서 생활하고, 이를 후손에게 물려주자는 데 그 뜻이 담겨져 있다.

그러나 아직 지방의제 21의 기본 정신을 이해하지 못하는 도내 일부 지자체의 무관심으로 환경 파괴는 물론 지역 개발의 불균형마저 초래되고 있어 안타까운 심정이다.

도의원으로 그동안 의정활동을 해오면서 보사환경위원과 푸른경기21 위원을 맡은 이유가 있다. 작은 노력이지만 우리의 자연 환경이 금수강산으로 바뀌지기를 소망하기 때문이다.

이제 푸른경기21은 앞으로 실천 사업을 통한 환경 보전뿐만 아니라 주민에 대한 교육·홍보에 많은 노력을 기울여야 한다. 또 과거 새마을운동에 버금가는 국민운동으로 승화될 수 있도록 푸른경기21협의회 위원 모두가 소명의식을 가져야 한다. 도민 모두가 환경 지킴이가 된다면 머지않아 깨끗하고 살맛나는 푸른경기21이 반드시 만들어질 것이라는 기대를 버리지 말아야 한다.

[경인일보, 2001. 10. 10]

## 함께 하는 경기 보육

1991년도의 영유아보육법 제정 이후 우리나라의 보육사업은 동법 및 동법 시행령에 준하여 실시되고 있다. 이에 따라 정부는 매년 당해연도의 보육사업 운영에 대하여 보육사업 지침을 총괄하는 책자를 발간하고 있다.

정부가 동 보육사업 지침에서 명시하고 있는 보육정책의 기본 방향을 살펴보면 보육시설 확충 및 내실화에 심혈을 기울이고 있음을 알 수 있다. 즉 여성의 사회 참여의 증가와 가족구조의 핵가족화에 따른 보육의 수요가 급증할 것이 예측되므로 저소득층 밀집지역에 정부 지원 보육시설을 운영하는 한편 일반 지역에는 민간보육시설 등을 운영하여 보육시설을 확충시키겠다는 것이다.

이로써 영·유아의 건전한 육성과 보호자의 경제적·사회적 활동을 지원하여 가정복지의 증진을 도모하고자 하였다.

이와 같이 정부는 우리나라의 보육사업이 시작 단계에 있다고 보아 보육시설의 확충에 초점을 맞추어 왔다.

사실 여성의 사회 참여에 대하여 지난 시간을 고찰해보면 과거 30여 년 간 큰 변화 없이 유지되고 있는 데 비해서 여성의 경제활동참가율은 지속적으로 증가하고 있는 추세이다.

그러나 우리나라 여성의 전체적인 경제활동참가율은 남성이나 선진국 여성의 사회참여참가율에 비하면 여전히 낮은 수준에 머무르고 있다. 또한 그간의 기혼여성의 사회 참여 증가에도 불구하고, 결혼과 육아는 우리나라 여성의 사회참여에 여전히 커다란 영향을 미치고 있다. 우리나라 여성의 경제활동 패턴을 보면 결혼이나 출산과 더불어 노동시장을 퇴출한 후 육아기 이후에 재취업하는 전형을 보이고 있다.

여성의 사회 참여가 상승해 올 수 있었던 것은 경제 발전 및 여성의 학력 수준 상승 등의 원인이 있겠지만, 무엇보다도 큰 원인은 자녀 양육 문제 해결을 위한 제도적인 여건이 점차적으로 마련되고 있기 때문이라고 볼 수 있다. 그러한 여건 중 대표적인 것이 바로 보육시설의 확충 및 보육제도의 발전이라고 볼 수 있다. 그런데 대다수 여성이 생계 유지 및 가계 보조 등을 위해 취업을 하고 있는 실정에서 수요자 부담을 원칙으로 하고 있는 우리나라의 보육제도는 여전히 한계를 가지고 있다.

1997년 말 IMF 경제 위기를 겪으면서 우리나라에는 많은 실업자가 창출되었다. 통계청의 IMF에 따른 여성실업률 변화 추이를 살펴보면, 6세 미만 자녀가 있다고 예상되는 27~39세 연령에 해당되는 여성의 실업률이 IMF 이후 점차로 증가하고 있음을 볼 수 있다.

이들 중 특히 25~29세의 연령층의 여성실업률은 매분기마다 평균 여성실업률을 상회하고 있다. 실업률이 구직활동을 하는 실업인구를 포함하는 개념이라고 볼 때, 한창 경제활동을 해야 할 이들 연령층의 여성 취업을 지원할 수 있는 제도가 마련되어야 할 것이다. 특히 이들 연령층의 기혼여성은 일반적으로 영아기의 자녀를 둔 S시기라고 볼 때, 영아보육을 지원할 수 있는 제도가 강화되어야 할 것이다.

또한 여성의 사회 참여가 IMF 위기로 증가하였다는 것은 여성의 취업 동기를 오히려 확대시키기 때문에 경기가 어려울수록 보육 대상 아동을 둔 가정의 경우 자녀 보육의 문제는 큰 걸림돌로 작용할 수밖에 없다.

그러나 우리나라의 보육제도는 보호자가 보육료를 전액 부담해야 하는 민간보육시설이 크게 자리 잡고 있다. 이러한 제도적 현실 속에서 타인에 의한 보육이 절실히 필요한 취업모 가정의 보육 수요를 충족시키는 데는 한계가 있다.

따라서 여성 취업의 단절과 우리나라 영·유아의 건전한 성장·발달을 보장하기 위해서는 임신과 출산 그리고 육아의 문제를 취업과 병행할 수 있도록 하는 제도적 여건이 마련되어야 할 것이다.

[함께 하는 경기보육, 2000년 제4호]

# 환경의 파수꾼이 되어

## —환경의 날에 부쳐

경기도의회 의원으로 의정활동을 한 지 어느덧 12개월째로 접어들고 있다. 첫발의 설렘과는 달리 의정활동이란 시간에 쫓기고 많은 어려움이 있다는 것을 알았다.

하지만 바쁜 시간과 어려움을 이겨내는 것이 바로 주민들의 편에 서서 그들의 입장을 대변하고 도민의 민원사항과 희망사항을 해결해주고 도와주며 처리하는 것이라는 것을 느꼈다. 나는 내 개인이 아니라 오직 도민들의 여론을 받아서 의정활동을 펴는 공인(公人)이기 때문이다. 다행히 나는 환경·보건·복지 분야를 다루는 보사환경위원회 소속이다.

앞으로 50년 안에 세계는 물 전쟁을 예고하고 있다. 우리나라는 삼천리 금수강산이라는 하늘 맑고 물 맑은 나라였다. 그러나 지금은 많은 환경 파괴로 인하여 산골짜기 물을 그대로 마실 수 없는 나라가 되었다.

환경을 살리는 문제는 우선 내 자신부터 해야 한다는 것을 실감한다. 나 하나하나가 모여서 우리 도민이 되고 우리 국민이 되기 때문이다.

제일 급한 것이 음식 쓰레기이다. 나는 의원이기 전에 가정주부요 살림을 맡은 여자이다. 그래서 나 스스로 환경운동에 앞장서리라 각오한다.

언젠가 음식점에서 주인이 남은 음식을 버리려고 했다. 한쪽으로 먹은 음식이었으므로 깨끗한 것이었다. 모두가 체면 때문에 그 음식을 버리려 했다. 체면! 그것이 환경오염의 주범이 되고 있었다.

그 음식을 포장해 달라고 말하자 누군가가 뒤에서 수군거렸다. "명색이 도의원이 그까짓 음식을 싸가다니……." 하지만 나는 환경보호를 위한 파수꾼이라는 생각에 마음이 떳떳했던 것이다.

[경기의정회보, 1999. 6. 5. 제2호]

# 미래를 준비하는 후배들에게

오늘도 어김없이 아침 해가 떠오릅니다.

따뜻한 봄 햇살이 비치는 창문을 보면서 새벽을 깨우는 후배들의 모습을 떠올려 봅니다. 누구나 아침을 반기고 햇살의 감미로움에 취해 보지만, 전날에 대한 아쉬움이 남지 않을 만큼 노력을 한 자만이 새날에 대한 희망을 꿈꿀 수 있을 것입니다.

안녕하십니까?

내 뒤를 든든하게 받쳐줄 후배 여러분과 지면으로나마 마음을 주고받을 수 있어 무척 행복합니다. 더구나 자랑스러운 동창회보에 부끄러운 이름 석 자를 올릴 수 있게 되어 뿌듯한 마음입니다. 아마도 그것은 부족한 선배지만 우리 수원여고의 한 페이지를 장식했던 한 사람으로서의 뿌듯함과 그런 마음을 부끄럽지 않게 만들어가는 여러분들의 든든한 모습이 있기 때문이 아닐까 합니다.

사랑하는 후배 여러분!

"변화를 거부하는 사람은 발전이 없다"고 합니다. 우리들 주위의 모든 것들은 지금 이 순간에도 쉼 없는 변화를 계속하고 있습니다. 그러나 정작 중요한 것은 내 자신의 변화입니다. 자신의 운명을 자신이 개척해 나간다는 확고한 의지의 확립이야말로 세상의 변화를 자기 중심으로 끌어들일 수 있을 것입니다. 산에서 나와야 산을 볼 수 있듯이, 세상 속에 갇히기보다는 세상 밖에서 세상을 볼 수 있는 넓은 포용력과 자신의 비전을 펼칠 수 있는 능력을 가꾸는 데 주저함이 없어야 합니다.

당당한 후배 여러분!

이 세계의 절반은 여성입니다. 지난 3월 9일은 '세계 여성의 날'이었습니다. 여성의 날이 있다는 것은 인류의 역사 속에서 여성의 지위와 역할이 많은 부침을 겪어 왔다는 것을 반증한다고 할 것입니다. 나 역시 여성으로서 당당하게 서기까지 삶의 곡절을 겪어왔지만, 내게 주어진 역할을 꿋꿋하게 해 왔다고 자부하고 싶습니다.

이미 새로운 세기는 여성의 힘과 역할을 절대적으로 필요로 하고 있습니다. 내가 경기도 의회에 진출하면서 여성으로서가 아닌 인간으로서 여성의 제자리를 찾기 위해서 많은 노력을 기울여온 것은 우리 후배들과 같이 훌륭한 여성들이 당당하게 사회의 주체로 서는 데 작은 밑거름이나마 되고자

함이었습니다. 물론 앞으로도 여성들의 권익과 우리 지역의 환경과 복지를 위해 당당한 여성으로서 주어진 역할을 다할 것을 후배들에게 약속합니다.

아름다운 후배 여러분!

감동할 줄 모르는 사람은 창조력을 잃어버린 사람입니다. 나무가 모여 숲이 되듯, 작은 일로 인한 감동은 큰 감동을 부릅니다. 마르지 않은 감성(感性)과 흔들림 없는 이성을 가지고 자신의 일과 역할에 감동을 합시다. 그리고 그 감동을 많은 사람들에게 나눌 수 있을 때 자신도 성장할 수 있을 것입니다.

믿음직한 후배 여러분!

지금도 여러분이 교문을 들어설 때면 언제나 변함없는 모습으로 의연히 서 있는 글, "모교는 너를 믿는다"는 이 말은 한때 길을 잃었던 나에게 한 줄기 빛을 가져다주었고, 지금까지 꺼지지 않는 내 삶의 등불이 되어 왔습니다. 또한 그것은 지나온 세월을 그렇게 지켜왔듯이 쉰다섯 해 동안은 물론 영원히 시들지 않는 우리 수원여고의 전통을 받칠 버팀목이 될 것입니다.

우리들의 모교는 여러분들에게 흔들림 없는 믿음을 줄 것입니다. 그리고 여러분들의 선배들은 언제나 여러분들을 뜨겁게 맞이할 준비를 하고 있고 힘을 줄 것입니다.

선배들은 여러분들이 정보화사회를 선도하는 교단선진화 시범학교를 통해서 미래사회의 일꾼으로 성장하고 있다는 반가운 소식을 접하고 있습니다. 이에 우리 선배들은 여러분들의 마르지 않을 사유의 세계를 위해 노서관을 건립했고, 자기의 미래를 위해 지치지 않는 노력을 할 수 있도록 청포도체육관을 지었습니다. 또한 많은 장학기금 조성 등 아낌없는 지원을 하고 있습니다.

후배 여러분!

아름다운 꽃과 튼튼한 열매를 보기 위해서는 흙과 뿌리에 대한 애정을 가지고 가꾸어야 합니다. 준비 없는 미래의 희망은 있을 수 없습니다. 느티나무의 푸름과 개나리의 화사함이 뒤덮는 학교에서 여러분들의 미래를 힘 있게 준비하시기 바랍니다.

그리고 그 희망을 준비하는 여러분에게 지나온 세월 속에 가꾸어 온 내 삶의 이력이 후배 여러분들에게 작은 불빛이나마 되었으면 합니다.

수원여고의 눈부신 발전을 모든 선후배들과 함께 기원합니다.

—새로운 세기의 길목에서 선배가

# 21세기
# 여성의 시대를 미리 준비하자

사랑하는 수원여고 후배 여러분!

그리고 존경하는 동문 가족 여러분! 만물이 약동하는 희망찬 갑신년의 새봄을 맞이하여 모두의 직장과 가정에 행운이 항상 가득하기를 기원합니다.

일찍이 독일의 철학자이자 「청춘변전」을 쓴 작가인 한스 카롯샤는 '인생은 만남'이라고 했습니다. 나폴레옹은 전쟁을 만났기에 영웅이 되었고, 베드로는 예수를 만났기에 수제자가 되었으며, 단테는 베아트리체를 만났기에 신곡을 남겼습니다.

이렇듯 우리 한국은 대한민국이란 나라를 만났기에 이 땅의 주인공이 되었습니다. 마찬가지로 우리 수원여고 동문들은 수원여자고등학교라는 학교를 만났기에 같은 동문이라는 의미를 버릴 수는 없습니다.

이런 의미에서 우리는 수원여고 동문이라는 만남에서 출발하여, 21세기 여성의 시대를 미리 준비하는 생활인이 되어야 한다고 생각합니다.

새로운 천년의 출발점인 21세기는 우리가 이제까지 경험한 변화의 속도보다 더 빠르게, 우리가 상상하는 것 이상의 속도로 급속하게 변화되어 가고 있습니다.

세계를 한 지붕으로 묶어버린 정보통신의 발달은 근대적인 시공간을 뛰어 넘어 지구촌을 글로벌화시켰으며, 과학기술의 발전은 우리가 만화에서나 보아 왔던 공상과학의 꿈을 현실로 만들었습니다.

우리 사회의 경제 패러다임은 지난 70~80년대의 제조업 중심의 굴뚝산업에서 지식기반경제사회로 이미 전입하였으며, 특히 섬세함을 필요로 하는 지식정보화의 디지털 시대에서의 여성의 사회 참여와 역할에 대한 기대는 그 어느 때보다도 한층 더 높아지고 있습니다. 이미 오래전부터 "21세기는 여성의 시대"라고 말해 왔듯이, 여성의 미래는 아주 밝습니다.

이처럼 빠르게 변화하는 지식기반사회에서 여성의 활동범위는 무궁무진하게 늘어날 것이라고 봅니다. 이미 경제 등 사회의 각 분야에 많은 여성들이 진출해 있지만, 선진 외국에 비하면 아직도 만족할 만한 수준은 아니나 여성 인력의 수요는 계속해서 늘어날 것입니다.

사랑하는 후배 여러분!

여성의 시대가 활짝 열리고 있는 이때에 모교를 빛내고, 미래의 주역이 되기 위해서는 여러 분야의 실력과 경험을 쌓아 준비된 인재로 성장해 나가야 합니다. 지식을 기반으로 하는 산업사회에서는 섬세한 부분에서 비교우위에 있는 여성들이 단연 유리하기 때문에 여성의 사회 참여는 더욱 더 활발하게 펼쳐질 것입니다.

우리 수원여고는 1936년에 개교한 이래 지역사회와 국가 발전을 위해 이 시대가 요구하는 우수한 여성 인재를 육성하는 데 앞장서 왔습니다.

지역의 명문여고로 자리매김한 지도 오래 되었다고 자부하고 있습니다만, 앞으로도 그 전통을 꾸준히 이어가기 위해서는 후배 여러분의 끊임없는 노력이 절실히 요구되고 있습니다.

또한 우리 청포도인은 선후배 동문 간에 믿음과 우정을 바탕으로 학교 발전이 지속되어 대대로 이어질 수 있도록 모두 다 함께 노력해 나가야 하겠습니다. 어떠한 고난에도 굴하지 않는 청포도인의 정신을 바탕으로 삶에 도전해 보십시오. 그리하여 무한의 가능성을 개척하여 꿈을 키우는 미래의 주인공이 되어야 할 것입니다.

이 시대는 자질을 갖춘 자만이 살아남은 지식의 시대입니다. 21세기의 지식은 부가가치를 창출하는 부의 원천일 뿐만 아니라 사회 발전의 원동력인 것입니다.

특히 오늘날 여성의 활동력은 국·내외를 막론하고 커다란 이슈로 등장하고 있음을 감안할 때, 우리 수원여고 동문들의 활동은 크게 향상되리라고 생각합니다. 이런 세기를 맞이하여 우리 모두 마음을 모으고 힘을 합해서 모교의 발전을 위해 노력했으면 합니다.

선후배 동문 여러분!

변화된 지식기반사회의 환경에 맞추어 미리미리 준비할 때 개인은 물론이고 모교의 발전에도 큰 힘이 될 것입니다. 우리 모두 다 같이 힘을 모아 나아갑시다. 끝으로 동창회보 발행을 진심으로 축하드리며, 모교의 사랑 속에서 동문 여러분의 가정에 행운이 함께 하길 기원합니다.

[동창회보 발간사, 2004년 3월]

# 마음의 자세

흔히 사람들은 발전을 위하여 모두 변화해야 한다는 말을 자주 합니다. 하지만 사람들은 자신에게는 너그럽고 다른 사람에게는 엄격하기 쉽기 때문에 변화를 스스로 가져오기가 어려운 점이 많습니다.

다른 사람이 약속을 어기거나 잘못된 일을 하면 "사람이 어떻게 그럴 수 있어. 약속을 안 지키면 되나?"며 질책하고 원망하기도 합니다.

그러나 약속을 잘 지키지 않는 사람이라면 "살다 보면 그럴 수도 있지. 사람이 어떻게 실수 한 번 없이 완벽할 수가 있어?"라며 대강 넘어가는 경향이 있습니다. 가장 중요한 것은 자기 자신과의 약속을 지키는 것입니다.

다른 사람의 비난이 무서워서가 아니라, 많은 눈들이 지켜보고 있어서가 아니라 스스로가 자신을 감시하고 실망하지 않도록 은연중에 기대하고 있음을 잊지 말아야 합니다.

'당신은 지금 변하고 있는가? 그렇다면 어떻게 변하고 있는가?'를 항상 깨어 있는 마음으로 지켜보아야 합니다. 그리하여 모든 인간이 바람직한 방향으로 변해가도록 유도해야 할 것입니다. 변하는 방법 중 하나가 지금 당장 마음의 변화된 것을 행동으로 실천하는 것입니다. 그러나 사람들은 이것 역시 내일 내일하면서 변화를 다음으로 미루는데, 사실 내일은 끝없는 내일일 것입니다.

우리의 목표는 명확합니다. 수원여고인은 우리가 주인이라는 주인의식을 갖는 것입니다. 이를 실현하는 데 머뭇거릴 시간이 없습니다.

지금부터 변하지 않으면 안 됩니다. 세월의 흐름에 몸을 맡겨서는 안 되고 우리 자신이 능동적으로 시간을 잡아야 합니다. 다 같이 잘되는 방향으로 변화를 시작해야 합니다.

그 변화는 우리가 수원여고인이라는 주인의식에서부터 출발해야 합니다. 내가 주인이라는 의식 속에서는 언제나 사랑이 함께 하기 때문입니다. 그리고 변화는 나부터 행동으로 보여주지 않으면 안 됩니다. 변화한다는 말도 필요없습니다. 행동으로 보여주면 됩니다.

나부터 변해야 합니다. 어떻게 변할 것인가? 우선 쉬운 것부터 할 수 있는 것부터 변해야 합니다. 변하기 위해서는 마음을 비우고 결심하고 행동해야 합니다. 무슨 행동을 할 것인가? 제일 중요한 것은 욕심을 내지 않는 것입니다.

우리가 이웃과 더불어 사회의 한 축이 되어 살아가려면, 나의 욕심을 버릴 때 남과 어울릴 수 있습니다. 그러나 거리에 나서 보면 혹은 학교생활에서도 내 것이 아니라는 생각 때문에 시설이나 물건을 함부로 다루는 경우를 보게 됩니다. 일례로 세계문화유산인 화성을 밤마다 밝히는 아름다운 등이 깨져 있는 것을 볼 수가 있습니다.

우리뿐만 아니라 후대에까지 보존되어야 할 문화재입니다. '나 하나쯤이야'라고 생각하지 말고, '나 한 사람이라도' 아끼고 사랑해야 하겠습니다.

이렇게 사랑하는 후배들은 역사를 간직한 교정에서 전통을 이어가고 빛내기 위해 학업에 열중하는 삶의 주인이 되어 앞날을 열어갈 줄을 믿습니다.

총동창회에서는 여러분을 아낌없이 지원하고자 애쓰고 있습니다. 교육 투자는 미래를 위한 최고의 투자입니다. 아무리 강조해도 지나치지 않습니다. 나 자신의 발전과 자아 완성을 위하여 부단히 교육 투자를 해야 합니다.

수원여고에서 배운 교육이 밑거름이 되어 동문들은 사회 각처에서 활동하고 있습니다. 10호 동창회보를 통해서 앞으로도 훌륭한 수원여고인들이 배출될 수 있도록 총동창회가 힘쓸 것을 약속합니다.

아울러 그동안 동창회보 발간을 위하여 물심양면으로 협조하여 주신 모든 동문께 감사를 드립니다.

[수원여자고등학교 동창회보, 2005년 4월 15일]

# 새로운 도약을 꿈꾸며

또 한 해가 저물고 있다. 특히 금년은 한 세기를 마감하는 해인지라 그 느낌이 각별하다. 매년 이맘때면 느끼는 아쉬움이 없는 것은 아니지만, 그래도 후회 없이 당당하게 살아왔다고 말할 수 있는 것들이 있다.

한 사람의 공인으로, 또 한 사람의 여성으로 내 능력이 닿는 한 열심히 성실하게 살려고 노력했던 것, 맡은 일에 최선을 다해 만족할만한 성과물을 얻으려고 애썼다는 것이다.

돌아보면 눈코 뜰 새 없이 바쁜 일 년이었다. 지난해 7월 시작된 경기도의회의 의정활동은 초선인 내겐 큰 부담이었다. 게다가 도의원 97명 가운데 여성 의원은 단 세 사람으로, 남성들 가운데서 활동하는 것도 부담스러울 때가 많았다.

그러나 이제는 마음만 굳게 먹으면 무엇이든 이룰 수 있다는 자신감이 생겼다. 지난 일 년 반의 의정활동 경험에서 얻은 교훈이라 할 수 있다. 비록 전문 식견은 부족했지만 발로 뛰고 자료를 뒤져가며 다른 위원들에 뒤지지 않으려고 애썼던 많은 시간들이 자랑스럽고 뿌듯하다. 하지만 마음 한구석에는 아쉬움과 함께 이런 저런 걱정들이 끊이지 않고 따라온다. 의정활동 시 미진했거나 아쉬웠던 부분들이다.

생활보호대상자 선정이 불합리하거나 부적격자가 있는지, 장애인고용촉진사업이 유명무실하지는 않았는지, 장애인직업알선업무가 실질적이지 못하고 형식적으로 이루어졌는지, 각종 복지시설에 대한 보조금이 제 때 지급되고 있는지 등등 한둘이 아니다. 그뿐 아니라 영세민에 대한 지원업무, 보건소 운영 실태, 간이급수시설 실태, 폐수처리와 쓰레기 문제, 식품위생 단속 등등 참으로 많다.

그러나 이 모든 것도 다 내가 선택한 일이요 보람으로 여긴다. 누가 시켜서 의회 일을 시작한 것이 아니기 때문이다. 더구나 나의 뒤에는 도민이 있다는 생각들이 언제나 나를 강하게 만들었다. 여성 도의원으로서 남성 도의원들 틈에서 내 위치를 지킬 수 있었던 것도 다 도민의 힘이었다.

도의원이 된 후 크게 느낀 것이 있다면 우리 사회에는 아직도 어둡고 추운 곳이 많다는 것이다. 그런 곳일수록 따뜻한 손길인 진심이 담긴 진정한 한마디의 말, 상큼한 인간의 냄새를 간절히 그리워하고 있었다. 해서 그들의 고충과 의견을 많이 청취하고자 했으며, 내 사명으로 여기기까지 했다.

일 년 반이 지난 오늘 의정활동을 돌아보면, 참 어렵고 힘든 길을 걸어왔다는 생각을 지울 수 없다. 아침 일찍부터 뛰어보지만 시간이 늘 부족했고, 어떤 때는 내가 명령을 받아 기계적으로 움직이는 로봇 같다는 생각이 들 때가 한두 번이 아니었다.

바깥일이 바쁘다 보면 자연 소홀해지는 게 집안일이다. 그렇다고 집안일을 대충하는 성미는 못 돼 내 깐에는 몇 배의 고충이 따랐다. 그러나 한 가지 깨달은 것이 있다면 힘들고 바쁜 생활일지라도 마음먹기에 달렸다는 사실이다. 낮에는 의회활동, 밤에는 한 사람의 주부 역할에 최선을 다하겠다는 긍정적인 사고방식을 가질 때 무슨 일이든 행복한 마음으로 할 수 있다는 것이다.

"그러다가 당신 병나겠어." 오죽했으면 남편도 그런 말을 다 했을까. 하지만 나는 병이 나지 않았고, 파김치가 되어 들어온 다음날엔 언제 그랬느냐는 듯이 쌩쌩한 모습으로 의회를 향해 달려나가고는 했다. 이뿐만이 아니다. 빼곡한 일정을 소화해 내야 하는 의원연수회에서도 남성 의원들에게 짐이 되어서는 안 되겠다는 각오로 임했다. 어느 때는 이런 나를 보면서 스스로 놀라는 일도 여러 번 있었다. 내가 이만큼 강해졌는가 하는 놀라움이다.

세모가 가까운 오늘, 조용히 지난 시간을 돌아다 보며 하나님께 감사하고 있다. 내가 좋아서 선택한 길이었고, 더불어 기쁨과 보람을 얻고 있으니 이보다 더 큰 행복이 어디 있겠는가. 사람은 무엇을 먹느냐보다 무엇을 꿈꾸느냐에 따라 행복해질 수 있다는 말을 다시금 되뇌어 본다.

이제 다시 마음을 바로 하고 다짐한다. 며칠 있으면 21세기 새로운 천년의 해가 떠오르는 것이다. 그 세기가 우리 앞에 어떤 모습으로 펼쳐질 것이냐는 우리에게 달렸다. 우리가 어떤 청사진을 가졌느냐에 따라 결정되는 것이다. 그러나 청사진만 가졌다고 해서 모든 것이 탄탄대로인 것은 아니다. 그 청사진대로 아름다운 건축물을 지을 수 있는 지혜와 에너지 등을 충분하게 비축해야만 한다.

개인이든 나라든 다 마찬가지이다. 노력하지 않으면 아무것도 이룰 수 없다. 오늘 하루를 후회 없이 살고 내일을 향해 뛰어야 하며, 매일 발전하는 새로운 아침을 맞이하기 위해 자신이 변해야 하는 것이다. 그 어느 때보다도 변화의 물결이 심할 21세기는 그래서 더 많은 도약을 우리에게 요구하고 있는지도 모른다.

알맞게 끓은 유자차를 찻잔에 따르고 음악을 듣는다. 오랜만에 갖는 조용한 시간이다. 창밖은 금세라도 눈이 내릴 듯이 흐려진 하늘이지만 왠지 포근하게만 느껴진다. 저 잿빛 하늘에서 눈이 펑펑 내렸으면 좋겠다. 산과 들, 이 도시를 덮고 세상 사람의 마음까지도 하얘질 수 있도록 말이다.

달력을 쳐다본다. '1999' 다음은 '2000'이다. 난 또 이 자리에서 새로운 출발을 해야겠다는 각오를 다지며, 내 앞에 어떤 모습으로 나타날지 모르는 새 천년을 위해 준비하는 마음이 설렌다.

# 평화로운 풍경과 사람들을 보고

2000년 새해를 맞느라 온 세계가 떠들썩했지만 설렘은 잠시뿐 다시 일상 속에 파묻혔다. 그런 가운데 해외연수 출국일이 되자 마음이 조금씩 들뜨기 시작했다. 떠난다는 것은 역시 미지의 세계에 대한 동경으로 생활에 새로운 활력을 주는 것 같다.

일본을 거쳐 호주, 뉴질랜드를 돌아오는 2주(1. 17~30일)나 되는 긴 여정이기에 짐을 세심히 체크하고 다시 한 번 일정을 살핀 뒤 마음의 준비를 하고 집을 나섰다.

먼저 동경을 중심으로 일본을 돌아보고 다시 김포공항으로 들어와 (한국 비행기를 타려는 작은 애국심으로) 호주로 향했다. 그리고 예정된 몇 군데 시찰 장소와 명소를 돌아본 뒤 마지막 여행지인 뉴질랜드로 향했다.

하늘에서 내려다본 뉴질랜드, 끝없는 평원이 펼쳐져 있었다. 목축업 나라에 온 것이 실감났다. 뉴질랜드 하면 제일 먼저 떠오르는 것이 푸른 초원과 양떼라는 말이 실감났다.

호텔에 짐을 푼 뒤 창문을 통해 바깥 전경을 바라보았다. 도시임에도 고층빌딩이 보이지 않는다. 처음에는 한적한 시골에 온 것 같아 눈높이가 안 맞는 느낌이었는데 점점 가슴이 시원해졌다. 공기가 상큼해 자꾸만 숨을 들이쉬고 싶을 정도였다. 게다가 사람도 차도 만나기가 어려울 만큼 조용했다. 늘 차량이 붐비고, 고층빌딩이 즐비하고, 사람이 넘쳐나는 우리 도시와는 달리 가슴이 탁 트이고 시야가 한껏 넓어졌다.

남섬과 북섬으로 나뉘는 뉴질랜드이지만 기후뿐만 아니라 풍광도 다르다. 남섬은 지대가 높고 만년설이 뒤덮인 산이 펼쳐져 있어 마치 알프스 산을 보는 느낌이 들었다. 눈 덮인 산 위의 하늘이 너무 푸르고 구름은 또 얼마나 희던지! 가는 곳마다 평온하고 아름다운 풍경에 눈이 시렸다. 이런 아름다운 자연 속에서 살면 성격도 느긋하고 긍정적이며 편안해질 것 같다.

공기와 물, 환경이 좋다는 소문대로 데카포 호수의 물도 옥빛이었다. 정말이지 그 물속에 그대로 빠지고 싶을 정도로 맑고 투명했다. 더욱이 그 옆의 작은 교회는 주변 풍경과 조화를 이뤄 평화로움을 느끼게 했다. 이곳에서 기도하면 절로 마음이 맑아지고 기도소리가 하늘에 닿을 것만 같아 기도를 드렸다.

뉴질랜드의 원주민 마오리 족의 인사법은 특이했다. 얼굴을 마주대고 코를 두 번 비비는 것이다. 낯선 민족의 새 풍습을 만나는 즐거움은 있었지만 처음에는 좀 어색했다. 그렇지만 사람을 아주 좋아하는 순박한 그들의 모습에 금세 친근감을 느꼈다. "땅은 내 어머니와 같다"는 마오리 족의 삶은 내 역사에 대한 인식에 남아 있는 인디언을 떠올리게 했다.

양떼를 축사도 없이 방목하는 이유는 그만큼 초원이 넓기 때문이다. 마음껏 초원을 뒹굴며 풀을 뜯다가 개나 말이 인도하는 길을 따라 어디론가 옮겨가는 양떼의 평화로운 모습, 영화 속에서나 볼 수 있는 아름다운 정경이다.

어쩌면 이 땅에서 태어난 양들이 복 받은 것 같다는 생각이다. 아니 양뿐만 아니라 사슴, 돼지, 소, 개, 고양이 순으로 사람들의 사랑을 받는다. 개를 키울 경우에는 이틀에 한 번은 꼭 산책을 시켜야 하고, 일 년에 한 번 정기진단을 받아야 하며, 개가 죽으면 사망신고서를 내고 묘지에 동상까지 만들어줘야 한다. 개 팔자가 그야말로 상팔자인 것이다.

그들이 반려동물을 사랑하는 것은 여유로운 삶에서 비롯된 것이라고 생각하니 부러웠다. 그렇다면 인간에 대한 복지는 어느 정도일까? 노약자·장애인·어린이가 1위이고, 여성 2위, 동물 3위 그리고 남성이 4위로 대우받는다고 한다.

특히 장애인에 대한 배려는 놀라웠다. 정부 예산 34%를 배정해 월 1000달러(한화 60만 원)씩 지급하고, 정부에서 택시회사를 연결해 등하교 책임을 진다. 또 부모에게는 1년에 2주일 특별휴가를 주면서 장애인과 함께 지낼 그 비용까지

정부가 지원하고 있다. 이런 게 복지정책이고 선진국의 모습이리라.

그런데 청소년자살률이 세계 1위라는 사실에 아연실색했다. 아름다운 자연이 원인 중 하나란다. 물론 아름다운 산과 호수의 기막힌 절경을 오래 바라보고 있으면 그 절경 앞에서 죽고 싶어지는 심리가 전혀 이해 안 되는 것은 아니다.

그러나 사회적 지위라는 게 없을 만큼 사회가 안정된 나라, 그래서 나태해지고 성취 욕구가 스러지는 데서 보이는 특징이 아닌가 싶기도 하다. 뉴질랜드 인의 삶의 목표가 세계 평화, 가족 평화, 뉴질랜드의 발전이며 인터넷 사용량이 세계 1위라지만, 청소년의 자살률이 높다는 건 분명 사회의 큰 문제이다.

뉴스거리가 없어 외국의 뉴스로 대신한다는 말을 들을 때, 그 아름답고 평화로운 풍경과 여유 있는 삶을 느낄 때 난 솔직히 부러웠다. 그렇지만 며칠이 지나자 사람과 차와 빌딩이 넘쳐나는 내 조국이 그리워졌다.

우리나라, 우리 도시의 짜증스러웠던 모습이 실은 긴장을 자아내며 경쟁을 일으켜 우리의 삶을 발전시키는 원동력인 것이다. 자원이 풍부하지 않은 만큼 더 부지런히 일하고, 그런 과정이 각자의 인생을 보람 있게 만들어가는 것이리라.

여정을 마치고 서울공항에 닿는 순간, 나는 내일부터 내가 할 일을 생각하며 마음을 다진다. 역시 나는 대한민국, 경기도의회의 일꾼이라고!

# 여행은 나를 새로 일으킨다

여행이란 새로운 곳에서 만나는 자연, 사람들과의 만남 그리고 나와의 만남 등 떠남과 만남 속에서 진정한 내면의 자신을 만나 거짓된 자신을 버리고 돌아오기 위해 떠난다.

여행 중 만나는 사람들 눈을 통해 진솔한 삶을 발견하고, 가식의 문화 속에 껍데기를 키워가며 살아가던 것을 멈추고, 자신이 발로 밟는 곳의 땀을 통해 배우고 깨닫는다. 그리고 이 깨달음을 마음속에 가득 채워 와 일상을 살아가는 힘을 얻는다.

그럼에도 나는 자신을 찾아 떠나는 여행을 많이 해보지 않았다. 특히 삶에 묻혀 가족이나 부부 동반, 개인적으로 해외여행을 떠날 기회를 잡지 못했다. 나의 해외여행은 70년대, 80년대, 90년대로 나누어지는데, 이 모두가 직무와 관련된 여행이었다.

첫 해외 나들이라 할 수 있는 70년대 여행은 한국걸스카우트 경기연맹에 근무할 때였으며, 80년대는 걸스카우트 자매결연 차 홍콩·싱가포르·대만·태국을 9박 10일간(1983. 8. 5~14)의 여행이었다. 이후로도 외국을 자유롭게 드나들 수 있는 기회가 많았음에도 한 번도 다녀오지 못했다.

그리고 1992년 정무장관실에서 주관한 동남아 정당간부해외시찰단원에 선발되어 6개국의 국회 정당 및 의회제도 시찰(7. 24~8. 4)을 다녀왔다. 가까운 이웃 나라를 이해하고 공부하는 산 체험을 한 터라, 보고 느낀 그대로를 간략히 적어 기억하고 싶다.

7월 24일(금) 맑음

대한항공 제2청사 2층 외환은행환전소 입구에 도착한 우리 일행은 KE625항공편으로 9시 50분 서울을 출발, 6시간 만에 인도네시아 자카르타공항에 도착했다.

공항에서 약 한 시간 정도 자유로이 휴식을 취한 뒤, 다시 뎀페사발리(DEM PASA BALI)행 비행기에 탑승해 발리에 도착하니 석양이 곱게 물들고 있었다. 공항에서 우리 일행을 반긴 것은 난으로 만든 꽃목걸이였다. 환영의 뜻으로 일행 모두에게 걸어준 향기로운 그 목걸이는 두고두고 잊을 수 없으리라.

아주 오래 전에 영화 〈남태평양〉의 한 장면에서 본 적이 있고, 요즈음 관광지로 사랑받고 있는 발리의 한 호텔에 여장을 풀었다. 호텔에서 한국인을 만났을 때는 너무 반가웠다.

그들 대부분은 우리와 달리 신혼여행을 왔거나 관광을 목적으로 여행을 온 사람들이라 부럽기도 했다. 전라남도 지부의 고조자 여성부장이 룸메이트가 되었다.

7월 25일(토) 맑음

이국에서 맞는 첫날 아침, 5시경에 눈이 뜨였다. 호텔방 커튼을 젖히자, 어젯밤과는 달리 너무나 아름다운 광경이 펼쳐져 내 눈을 호강시키고 내 마음을 흥분시켰다. 큰 야자수 나무들이 줄지어 서 있고, 붉은색과 흰색의 꽃들로 잘 가꾸어진 정원의 사이사이에 놓인 흰 벤치는 너무나 아름다웠다.

혼잣소리로 감탄사를 지르며 걸음을 옮기자 정원 옆에 깨끗하게 정돈된 수영장이 있다. 그곳을 지나 몇 발자국 나아가니 이른 아침의 햇살과 함께 피어오르는 발리 섬의 황홀한 모습이 신세계에 온 듯한 착각에 빠지게 했다.

일행은 무척 고단했던지 한 사람도 안 보인다. 끝없이 펼쳐진 모래사장을 거닐며 조개껍질도 주워본다. 어떤 말로도 표현할 수 없는, 그저 구름 위를 밟고 있는 듯한 기분이다.

아침식사 후 가이드 알라시의 안내로 민속극인 바롱(BARONG&KRIS DANCE)을 관람했다. 바롱극은 성령과 악령, 즉 선과 악 사이의 영원한 싸움을 연출하는 극으로 바로(신화상의 동물)는 성령을 의미하고 랑다(신화상의 괴물)는 악령, 즉 악을 의미한단다. 재미는 있었지만 이해는 쉽지 않았다. 또한 경축일을 기념하기 위해 바구니에 꽃과 과일, 음식을 장만하여 신께 감사하는 모습들을 볼 수 있었다.

또 '해발 1717m'의 킨타마니 화산지대를 올랐다. 날씨가 흐리고 빗발을 뿌려서인지 여름 날씨에도 잠바를 입지 않으면 안 될 정도로 추웠다.

바틱으로 유명한 발리. 우리 대학생들도 많이 견학하러 온다는 바틱(BATIK)센트리를 둘러본 뒤 공정과정도 살폈다. 발리의 전통나염 색깔은 참으로 곱다. 이 색들은 청색·갈색·노란색으로 생명을 상징한다. 그곳에서 아주 예쁜 원피스 한 벌과 색이 고운 점퍼를 구입했다.

7월 26일(일) 맑음

오전 10시 15분. 환상의 발리를 마음속에 접어두고 GA661기 편으로 인도네시아 수도 자카르타에 도착해 호텔에 여장을 풀었다. 그리고 짬을 내어 민속박물관과 독립기념관을 돌아보았다.

나라 면적 1,919,443㎢, 인구 약 1억 9천만 명, 종교는 이슬람교 90%, 기독교 8%, 힌두교 2%. 언어는 인도네시아 어(자바 어). 고온다습한 전형적인 열대성기후로 우기(10~3월)와 건기(4~9월)로 나뉘는 나라. 우기는 우리나라처럼 지루하게 장맛비가 내리는 것이 아니라 한차례 퍼붓다가 그치곤 한다. 연평균기온은 섭씨 25~27도, 복장은 일 년 내내 여름옷만 입으면 된다는 가이드의 친절한 설명이다.

날씨가 너무 더운 탓인지 일행들 표정이 피곤해 보였다. 모두 시원한 호텔에서 쉬었으면 좋겠다는 얼굴들이다.

7월 27일(월) 맑음

오전 10시. 인도네시아 국회 사무총장 외 국민협의회, 국회 주요 간부 약 20명과의 면담이 있었다. 마침 스페인 바로셀로나에서 열리고 있는 92올림픽에서 한국이 금메달을 획득했다는 소식이 날아들었다. 인도네시아 인 모두가 금메달 축하와 더불어 한국의 얼과 기를 사랑한다는 국회 사무총장 인사가 있었다.

사무총장의 전체적인 현황 설명을 듣고 기념촬영을 한 후 11시 30분에 GOLKAR(직능그룹) 집권당 사무총장을 방문했다. 수하르토 대통령의 지지 기반으로 약 200개의 각종 직능단체를 지니고 있는 정치세력 결합체인 GOLKAR는 299석을 확보하고 있었으며, 통일개발당은 61석, 인도민주당은 40석, 대통령 임명 군부 대표 100석으로 되어 있었다.

오후 3시 25분. 인도네시아 한국대사관 여한종 대사관의 따뜻한 배웅을 받으며 GA964편에 탑승해 오후 6시에 싱가포르 창이공항에 도착했다. 센토사 섬 분수 쇼를 관광하고 호텔에 여장을 풀었다.

7월 28일(화) 흐림

싱가포르 면적은 662㎢, 인구는 약 270만 명으로 아주 조용한 나라라는 인상을 받았다. 도로나 정원에는 휴지조각

하나, 껌, 담배꽁초를 찾아볼 수가 없다. 껌을 씹거나 담배를 피우다 걸리면 많은 벌금을 부과한다. 우리나라라면 문제가 심각하지 않을까 걱정하면서 이 나라 국민성에 감탄했다. 깨끗한 정치, 깨끗한 거리, 깨끗한 물을 자랑으로 여긴다.

오전 9시에 싱가포르 국회를 방문해 사무총장을 면담했다. 국회는 아주 조용했다. 인도네시아와 달리 국회 사무총장과 사무차장만 우리를 맞이했다. 싱가포르는 임기 5년의 단원제로 국회의원이 81명이고, 예산확정권과 국정조사권이 없다는 것이 특이사항이다.

상임위는 예산위원회뿐이고, 국회의원 선거제도상 상당한 이유 없이 투표에 참가하지 않을 경우 과태료를 부과하는 것이 특이사항이다. 정당은 인민행동당이 77석, 노동당 1석, 민주당 3석으로 총 81석이다. 평상시는 사무국 조직이 없으므로 유휴상태이며, 여성은 2명으로 보사정무차관과 평의원으로 나뉘어 있다. 간단한 설명과 함께 국회 내부를 둘러보고, 12시에 싱가포르 대사 오찬을 중국식으로 대접받다.

오후 5시 15분. 다음 경유지 말레이시아로 가기 위해 MH 614기로 싱가포르를 이륙해 오후 6시에 말레이시아 수방국제공항에 도착했다.

### 7월 29일(수) 비

고국을 떠나온 지 일주일째 되는 날이다. 국회 방문이고 뭐고 간에 집 생각이 간절하다. 어젯밤 늦게 잔 탓에 피곤하고 더워서 더 지친 것 같다. 오전 10시에 말레이시아 국회 방문 시 2명의 여성 방문객은 가급적 긴팔 블라우스와 긴 스커트를 입어 달라는 김광선 안내원의 부탁이다.

거리의 여성들은 날씨가 더운데도 얼굴만 내놓고 머리에서 목까지 스카프로 감춘 히잡을 쓴 여성들이 많다. 말레이시아는 면적 330.43㎢, 인구 1,800만 명, 4월부터 9월이 여행하기에 좋은 시기로 고무, 팜유, 비누, 샴푸 그리고 주석, 천연가스, 후춧가루 등 자원이 풍부한 나라다.

12시에 말레이시아 한국대사관 직원 모두와 우리 일행 11명은 한국식으로 준비한 된장국과 김치를 먹었다. 고국을 떠나 이국에서 먹는 한국음식이 너무 맛있다. 모두들 맛있게 먹는 모습에서 그리운 고향 생각이 더욱 간절했다.

대사 부인께서 특별히 우리 여성에게 바딕원피스를 선물한 자상함에 눈시울이 뜨거워졌다. 푸근하고 후덕하신 그분께 감사의 마음을 전하고, 다음 행선지 태국으로 가기 위하여 서둘렀다. 너무 일정이 빠듯하다.

오후 3시. MH782기로 말레이시아를 떠나 태국 방콕에 도착했다. 비가 내린다. 나라가 생긴 이래 처음으로 많은 비가 내린다고 택시기사가 짜증을 냈다. 교통 체증은 서울과 맞먹는 것 같고, 도로는 물이 빠지지 않아 강 위를 걷는 것 같은 기분이다. 일행을 인솔하기로 한 PMP여행사 박경운 가이드가 1시가 넘어서 나왔다. 2, 3명씩 택시에 나누어 탄 일행은 호텔까지 1시간 거리를 비 때문에 장장 5시간 만에 도착했다. 허구 많은 날 중 하필이면 오늘 비가 내릴까 투덜대며 방콕 호텔에 도착하자마자 잠에 취하다.

7월 30일(목) 비

연분홍빛 투피스로 갈아입었다. 호텔 로비에서 기다리던 일행들이 일제히 환호성을 지른다. 우아하다나? 언제는 그러지 않았냐며 핀잔을 주었다.

태국은 면적 513,115㎢, 인구 5,650만 명, 90%가 불교를 믿는 나라. 가는 곳마다 승복 입은 사람들이 눈에 띄었고, 사원 또한 웅장하며 아름다웠다. 오전 10시. 태국 상원 제2부의장 예방과 국회 사무총장을 예방해 태국의 선거 및 국회제도 설명을 들은 뒤 국회사무처를 방문했다. 〈진리의힘〉은 잠롱 전 방콕시장이 이끌어가는 당이다.

오후 7시 30분. 태국 한국대사관 주공사 주최 만찬이 Seafood Bestaurdnt에서 있었다. 어제 시작한 비는 그칠 줄도 모르고 계속해서 내렸다.

7월 31일(금) 맑음

오전 8시 출발하는 홍콩행 비행기를 타기 위해 새벽 5시부터 서둘렀다. 3일 전 태국에 도착했을 때 교통 혼잡으로 1시간 거리를 5시간 걸린 일 때문에 일행들 모두가 서둘렀다.

카이탁공항으로 마중 나온 한진관광의 쥬디키는 발랄해 보였다. 점심을 먹고 홍콩정청 방문이 있었다. 쥬디키는 티

셔츠 차림의 우리 일행에게 와이셔츠로 갈아입고 넥타이를 매라고 했다. 이유인즉슨, 정무장관실 주관으로 오는 방문객이니만큼 홍콩인에게 잘 보여야 한다고 했다.

날씨가 너무 더웠다. 홍콩(香港) 면적은 1,070㎢, 인구는 약 570만 명이다. 동양의 진주로 불리는 홍콩, 일본 도쿄와 함께 우리나라 여행객들의 가장 발길이 자주 닿는 곳이다. 서울에서 비행기로 3시간 30분 거리로 동남아시아와 유럽으로 가는 남방항로의 관문이자 자유무역항으로 거의 모든 물건이 면세 판매되는 쇼핑의 명소. 주민은 중국인이 98%, 그 외 영국인·필리핀인·인도인·일본인 등으로 구성되었다.

이곳 차량들은 우리나라와는 반대로 오른쪽에 핸들이 있다. 경찰관 중 어깨에 붉은 견장을 한 사람은 영어를 한다는 표시이다. 버스나 지하철, 건물 엘리베이터나 선상에서 담배를 피우거나 음식을 먹으면 홍콩달러 1,000HD의 벌금을 부과한다.

홍콩은 영국 수상의 조언으로 영국 국왕의 총독을 임명하며, 임기는 재량에 따라 결정되나 관례상 5년이다. 총독은 행정참사회, 입법심의회 회의 주재, 3군 총사령관을 겸임, 입법심의회 통과 법안은 반드시 총독의 동의를 얻어야 법률 효력이 발생한다. 정청(政廳)은 1976년 총독부가 개칭된 것이며 홍콩 행정조직의 실체이다. 포정사(Chief Secretary)를 수반하여 각 분야의 정책을 계획하고 입안하는 14개사 서(署)와 그 하부조직 60개 부로 구성되었다.

선거관리위원회 행정담당관의 친절한 설명이었지만 이해가 부족한 듯 느껴졌다. 그러나 정청에 한국 사람이 많이 방문한 것은 처음이라며 시종 고마워했다. 21세 이상의 홍콩 거주 7년 이상인 자로 국적과 관계없이 참정권을 부여한다.

오후 7시 리펄스베이를 관람한 뒤 유명한 선상식당(Jum Bo Floating Restaurant)에서 야경을 보며 저녁을 먹었다. 잠실 유람선에서 먹는 식사보다 더 맛이 있었다. 호텔에 투숙하자마자 깊은 잠에 빠져 들었다.

8월 1일(토) 맑음

해양공원에서 돌고래 쇼를 보다. 조련사의 손짓에 따라 묘기하는 돌고래를 보면서 위대한 자연을 창조하고 운행하는 하나님께 몇 번이고 감사드렸다.

한편으로는 인간의 즐거움을 위해 돌고래를 이용하는 인간의 잔인성에 눈을 감았다. 케이블카 아래로 펼쳐진 숲과 바다가 환상적이다. 만에 하나라도 케이블카가 잘못되는 날에는 한 줌의 상어밥이 될 것 같다.

싱거운 생각을 하며 혼자 피식 웃으니 일행이 영문을 모른 채 따라 웃는다. 가는 곳마다 한국인의 관광 행렬이 대단하다. 어쩌다 10년 만에 공무로 방문한 나와 그들과의 차이에서 오는 공허가 한꺼번에 밀려든다.

오늘은 공식 일정이 없는 날이다. 일행들 의견이 구구하다. 덥다고 호텔에서 쉬자는 팀, 해변에서 수영하며 바비큐

점심을 하자는 팀도 있다. 결국 해변으로 가기로 결정, 굽기만 하면 먹을 수 있게 준비된 물건들을 싣고 우리들의 시간을 즐기기 위해 떠났다.

해변 근처엔 서울 이태원만큼 쇼핑시설이 구비되어 있었으며, 물건이 좋은 건지 너무 많은 건지 구분할 수 없다. 몸매에 자신이 없는 고 부장과 나는 일행의 눈을 피해가며 수영을 즐겼다.

모래밭에 누워 파란 뭉게구름을 보니 집 생각이 더욱 간절하다. 저녁은 수상나이트 클럽에서 화려한 야경과 밤바다를 즐기며 최고의 식사를 했다. 한 홍콩 여가수가 한국인을 위해 노사연의 〈만남〉을 열창했다. 왠지 모르는 향수가 명치 밑을 뻐근하게 파고들었다. 일행은 누가 시킨 것도 아닌데 모두 나가 노래를 불렀다.

8월 2일(일) 맑음

두 번째 맞는 일요일. KE616 항공편으로 홍콩을 출발해 중정 국제공항에 도착했다. 태강여운사 유한공사 강옥란 가이드가 반갑게 맞아주었다. 보기 드물게 지(智)와 미(美)를 겸비한 아가씨다.

대만은 10년 전과 별로 달라진 것이 없는 것 같다. 중화민국은 면적 35,989㎢, 인구는 2,023만 명이다. 북회귀선이 섬의 중앙을 지나는 열대와 아열대기후에 속하며 연평균기온은 섭씨 28도 정도이다.

일행은 국립고궁박물관과 충렬사, 중정기념관을 관광했다. 그간의 여행한 나라 중에서 제일 더운 것 같다. 그 때문인지 일행 모두가 지쳐 보인다. 호텔에 여장을 풀다. 건축한지 오래된 호텔인 듯 분위기가 우중충하다.

8월 3일(월) 맑음

오전 9시. 우리와 관련 기관인 입법원을 방문하다. 입법원 라성전 부비서장은 대만의 우방인 대한민국 정당 간부들을 입법원장을 대신해서 감사하며 환영한다고 했다. 중화민국 입법원 구성은 종신의원과 3년 임기의원으로 나누어져 있는데, 종신의원은 91년 말로 전원 사퇴한다.

오후, 울라이민속촌 관광을 위해 2명씩 앉아 10명이 타는 아주 오래된 조그만 기차를 탔다. 울라이민속촌은 방문한 사람들에게 환영을 춤으로 표현하는 영민무, 고대 디아 족 사냥의 중요 무기인 대나무로 만든 함정에 빠진 야수들을 잡는 데서 영감을 얻었다는 대나무춤, 신을 초대하는 춤으로써 신에 대한 숭배와 신께 행복을 비는 초신무춤 등 민속을 각종 춤으로 보여주는 민속촌이다.

8월 4일(화) 맑음

11박 12일 일정을 마무리하고 오전 11시에 KE616 항공편으로 타이페이를 출발하다. 김포공항 도착시간은 오후 2시 15분. 여행의 피로감 속에서도 이웃나라를 둘러보고 많은 것을 느끼고 배운 긴 여정이었다. 뿌듯한 긍지가 솟아 내일의 활력소로 이어질 것 같다. 일정 동안 도와주신 분들께 감사하고, 우리 조국 대한민국을 더욱 사랑해야겠다는 마음이 밀물처럼 밀려든다.

익숙한 곳을 떠났다가 새로운 이야기를 안고 돌아온 날, 그동안 많은 나라를 방문하며 배움의 족적을 남겼던 그 시간, 그 사람들과의 만남을 통해 특별한 느낌, 색다른 이야기를 가슴에 안고 돌아왔으니 이제 삶 속에 내려놓는 일이다.

비록 내일 일상에 복귀해도 여행에서 충전된 마음으로 산다면, 일상이 바로 여행이 되는 행복한 경험을 하게 될 것이다. 그것이 바로 일상을 여행처럼 사는 길이 아닐까.

제3부

# 언론의 창에 비친 박명자

# 시대를 대표하는 당당한 오피니언 리더

"사랑하는 후배들이여! 진정한 젊음은 나이에 머무는 것이 아닙니다. 스스로 의욕을 불태워 지금 있는 자리에서 최선을 다해 힘껏 뛰길 바랍니다. 그리고 그 자리에 없어서는 안 될 꼭 필요한 사람이 되길 바랍니다."

이 시대를 대표하는 여성 오피니언 리더로서 당당하게 자신의 역량을 발휘해가고 있는 수원시의회 박명자 의원(지역사회개발학과 94학번)은 자랑스러운 협성의 동문이다. 매일 아침 하나님께 드리는 묵상기도로 하루를 시작한다는 믿음의 사람, 그래서인지 박명자 의원의 말 한마디, 행동 하나, 눈빛 하나하나에는 신실함이 배어났다.

Q 현재 의정활동을 통해서 가장 주력하는 부분은?

A 경기도의회 의원과 경기도 여성정책국장을 지낸 행정 경험을 바탕으로 여성 관련 정책에 남다른 관심을 가지고 사회적 약자인 노인·청소년·장애인·여성·보육 등을 위한 의정활동에 열심을 다하고 있습니다.

Q 업무의 매력과 즐거움이라면?

A 여성으로서 깨끗한 생활 정치를 실현하고 있는데, 의원이라는 특수한 신분이 매력 있습니다. 또한 조례를 통해

서 시민들의 삶을 보다 풍요롭게 만들 때 즐거움과 보람을 느낍니다. 특히 지난 번 회기 때 제가 발의한 「수원시 여성장애인 출산지원금지급 조례안」, 「수원시 자녀출산 입양 축하금지급 조례안」, 「수원시 기후변화대응 조례안」, 「수원시 노인일자리 창출 및 지원 조례안」, 「수원시 물순환관리에 관한 조례안」, 「수원시 헌혈장려 조례안」, 「수원시 다문화가족지원 조례안」, 「수원시 청소년칭찬 조례안」이 의회를 통과해 요즘 수원시의 예산이 편성·집행되고 있어 무엇보다 보람을 느낍니다. 뿐만 아니라 노인·보육·여성·청소년·장애인 정책 등이 실제로 시민에게 도움이 될 때 업무에 매력을 느낍니다.

Q 협성인으로서 어떤 활동을 하고 있습니까?

A 협성대학교가 명문사학으로 성장하고 있어서 협성인 한 사람으로서 자부심을 느낍니다. 이런 뿌듯함을 항상 품고 현재 수원시의원으로 열심히 의정활동을 펼치고 있으며, 소비자보호단체인 사단법인 전국주부교실경기도지부 회장을 역임하면서 우리 농산물 지킴이를 배출하고 원산지 표시 단속활동을 통해서 우리의 소중한 먹을거리를 지킵니다. 그리고 경기도 오피니언 리더(Opinion Leader) 그룹인 기우회와 경기도 청소년활동진흥센터 운영위원장, 경기도 여성단체협의회 자문위원으로 참여하고 있습니다. 또한 차세대 여성 정치 지도자를 위해서 한나라당 국회의원 박순자 최고위원이 이끄는 드림포럼(Dream

Forum)의 경기도 회장직을 맡아 협성인답게 주어진 일에 최선을 다하고 있습니다.

Q 의원님께 있어 협성은 어떤 의미인가요?

A 세상을 살아가면서 끊을 수 없는 끈이 있는데, 하나는 혈연이고 또 하나는 학연이라고 생각합니다. 이 두 가지는 바꿀 수 없는 매우 소중한 인연이죠. 저는 100년의 역사를 자랑하는 명문 수원여고를 졸업하고 늦깎이로 협성대학교에 입학해 만학도의 꿈을 이루었기 때문에 협성은 저에게 남다를 수밖에 없습니다. 제 인생의 후반전을 장식할 수 있도록 협성은 내게 큰 비전을 주었고 꿈을 현실로 이루게 해주었습니다.

Q 학창 시절 특별히 기억나는 에피소드가 있다면?

A 비가 오는 날이었어요. 수업을 마치고 차를 타러 가는데 복도에서 다른 과 여학생들이 "교수님, 어디까지 가세요? 저희들 수원역까지만 데려다 주세요"하며 저를 교수로 만들어 주었던 일이 기억납니다. 또한 졸업여행을 제주도로 갔는데 일부 학생들은 관광을 하러 가고, 일부는 체육시간에 배운 골프를 치러 갔었죠. '자치기' 수준이면서도 골프치기에 참여했더니, 주위 사람들이 배짱 한번 좋다며 웃던 일이 생각나네요. 학교 다니는 내내 '왕언니'로 호칭해 주었던 학생들도 기억에 오래도록 남아 있습니다.

Q 향후 계획과 후배들에게 한 말씀 부탁드립니다.

A 나이 들수록 '세상은 함께 사는 것'이라는 사실을 새삼

깨닫습니다. 좀 더 열린 마음과 따뜻한 시선으로 남을 배려하며 노블레스 오블리주(Noblesse Oblige)를 실천하고 싶습니다. 무엇보다 협성의 후배들에게 내가 가지고 있는 정신적 인프라와 인적 네트워크를 넘겨주고 싶습니다. 그리고 아름다운 퇴장을 할 줄 아는 진정한 아름다운 사람이 되려 합니다.

[협성in, 2009년 가을]

# 文學 통해 원숙한 人生 우뚝

수필가 朴明子 씨는 활동하는 여성상으로 유명하다.

한국걸스카우트 경기연맹 사무국장, 전국주부교실 경기도지부 총무를 역임한 그는 현재 민주자유당 경기도지부 여성부장으로 정당생활을 하면서도 내면으로는 문학의 꽃을 피우기에 여념이 없다.

60년대 중반, 수원문화원에서 근무한 적이 있었던 박명자 씨는 향토 문화예술 발전을 위한 밀알의 역할을 했었다.

우리나라의 문화예술이 거의 그러했듯이 60년대의 수원 문화예술계 역시 당시는 어딘가 좀 스산하고 사람들이 그리운 시절이었는데, 삐걱거리는 목조계단을 통해 올라가면 박명자 씨는 문화원 사무국에서 분주하게 일하고 있었다.

수원의 르네상스를 부르짖었던 '장원회'와 함께 한국사진협회, 미술협회, 음악협회, 문인협회 수원지부가 문화원 사무국을 연락처로 하여 태동하던 무렵이었다.

'장원회'의 활동이 확산되고 수원예총이 탄생할 무렵 문화원의 그 많은 일을 처리하던 그는 문화원 내의 도서들까지 관리하면서 문학에 심취해 갔다. 청소년 지도자생활과 여성단체에 주력하다가 제4회 〈문학예술〉 신인상 수필 부문을 수상하면서 문단에 모습을 나타낸 박명자 씨의 작품 생명력은 풀리지 않는 의미의 결구력과 세련미에 있다.

그의 수필은 자아를 대자화(對自化)하는 객관적 시각을 보여준다. 또 인생의 허무를 극복할 줄 아는 원숙성이 있어 신뢰와 설득력을 수반하는 장점을 지녔다. 자기 고백적 문장이고, 동시에 인생론적 심미안이나 비평안을 요구하는 수필문학의 길을 그는 묵묵히 걸어가고 있는 것이다.

수원에서 출생하여 신풍국교와 수원여중·고를 졸업한 박명자 씨는 수원대학교 행정대학원을 수료했는데, 지금은 또 협성대학교 지역사회개발학과에 재학 중인 만학도이기도 하다.

청소년운동과 여성단체 그리고 문단과 정당생활에서의 경험을 살려 지역사회 개발에 이바지 하고 싶은 것이 수필가 박명자 씨의 꿈이다. 수원문인협회, 경기여류문학 회원으로 활동하는 박명자 씨의 생활에서는 문학을 이루고 꿈을 실천하려는 의욕 때문에 휴일이 없다.

[경기일보, 1995. 임병호 기자]

# 필승신화에 도전하는 승부 인생

“정당의 궁극적 목표는 당선이죠.”

첫마디를 필승이라는 말로 여는 신한국당 경기지부 여성부장 박명자 씨. 신한국당의 여성부장이 무슨 직이기에 필승이라는 결의감 느껴지는 말이 첫마디로 나오는가.

박 부장의 말처럼 당선을 목표로 하는 정당에서 그녀는 득표활동과 직결되는 막중한 책임을 맡고 있다.

좀 더 구체적으로는 신한국당의 여성조직을 구성·운영하고, 당내 여성대의기구 및 여성단체 활동을 지원하는 등 당 여성조직의 총책으로 선거 돌입 시는 표를 모으는 핵심 인물이다. 즉 평소 여성조직을 관리해오다가 선거에 임해서는 선거기본 계획 수립 및 전략 등을 구상해서 이들에게 전달, 표를 모으는 역할을 하는 것이다.

“상대 후보자를 알고, 나를 알고, 유권자를 아는 면밀한 상황 분석이 선행돼야 한다. 이를 위해서는 자료 수집 및 정확한 여론조사가 따라야 한다. 선거는 단순한 감으로 하는 것이 아니라 과학적이고 체계적이어야 한다.”

박 부장은 선거와 관련해서 10년간 경험과 나름대로의 공부를 통한 지론을 설파한다. 정당의 여성부장 10년 동안 9번의 선거를 치르는 과정에서 좋은 결과를 이끈 박 부장의 실력이 저절로 납득 가는 순간이다.

지난 1986년 5월 당시 민주정의당 여성부장으로 시작, 90년 민주자유당, 95년 신한국당 등 당명이 3번 바뀌는 속에 10년 연륜을 쌓은 박명자 부장. 박 부장은 당에서 활동하기 이전 한국걸스카우트 경기연맹 사무국장, 전국주부교실 경기도 지부 초대 총무 등 활발한 사회활동을 했다. 그러다 85년 민정당 경기지부 위원장이었던 정동성 의원으로부터 여성부장 제의를 받았고, 자신의 활동과는 상당히 이질적이었기에 1년간 고민하다가 결단을 내렸다. 박 부장은 쉽게 적응했고, 현재는 신한국당 여성 당직자 중에서 서열이 빠르다. 15개 시·도에서 서열 3위로 중앙당의 여성국 부국장급이며, 지난해부터 15개 시·도 여성부장 모임에서 회장직을 맡고 있다.

선거판·정치판에서 그녀는 선거 3개월 전부터 '가정'이란 개념을 잊고 살다시피 한다. 긴장이 넘치는 선거상황실에서 아침 첫새벽부터 밤 한두 시까지 꼬박 견뎌낸다.

그녀는 최근의 보람으로 지난 해 지방선거에서 4명의 비례대표 여성 도의원을 당선시킨 것을 꼽는다. 후보자 선정에 최선을 다했기에 전국에서 높은 당선치를 기록했고, 결국 많은 여성에게 정치 기회를 열어준 셈이다.

그녀의 필승 대상에는 남녀가 따로 없다. 그러나 정치 세계에 몸담고 있으면서 그녀는 여성 정치에 무심할 수 없다.

10여 년 전, 인도네시아 국회 방문시 국회사무국 부총장이 여성인 것을 보고는 한국의 미래 정치계에 여성이 많이 활동해야 한다는 생각을 했던 것에 요즘도 변함없다.

박 부장은 여성 정치 참여를 위한 제도 보완 및 여성의식에 대해 강조한다.

그녀는 요새 『나의 정당생활 10년』을 집필중이다. 앞으로 기회가 닿는다면 직접 정치활동도 해 볼 의향이다.

부자지간도 없다는 치열한 정치 세계에서 당당하고 시원시원하게 일을 척척 처리해내는 박 부장. 그녀는 정치뿐 아니라 수원문인협회 및 한국수필가 회원으로 활동하면서 문학적 자질을 과시하고 있기도 하다.

[경기일보, 1996. 8. 26. 박숙현 기자]

## 문학적 자질 갖춘 집념파,
## "발로 뛰는 여성 정치인 되고 싶어요"

신한국당 경기지부 여성부국장 박명자 씨.

박 부국장 그녀는 정치뿐만 아니라 수원문인협회 및 한국수필가 회원으로 활동하면서 문학적 자질을 유감없이 발휘하여 "정당의 궁극적인 목표인 당선" 9번이라는 선거를 치르는 과정에서 좋은 결과를 이끈 인물로 정치판에서 화재. 나름대로의 경험과 노력 및 집념을 알 수 있다.

현재 그녀는 정당에서 득표활동과 직결되는 막중한 책임을 맡고 있으며, 신한국당 여성조직을 구성·운영, 당내 여성대의기구 및 여성단체활동을 지원하는 등 당 여성조직의 총책으로 선거 돌입 시는 표를 모으는 핵심 인물이다.

박 부국장은 지난 85년 5월 당시 민주정의당 여성부장으로 시작, 90년 민주자유당, 95년 신한국당 등 당명이 3번 바뀌는 10여 년이라는 연륜도 있다.

박 부국장은 당에서 활동하기 이전 한국걸스카우트 경기연맹 사무국장, 전국주부교실 경기도지부 초대 총무 등 활발한 사회활동을 하는 등 지난 해 85년 정동성 의원으로부터 여성부장 제의를 받아 고민하다가 결단하여 남보다 쉽게 정치판에 적응하는 등 노력한 결과 신한국당 여성 당직자 중에서 현재 서열이 15개 시·도에서 서열 3위로, 중앙당의 여성국 부국장이며 15개 시·도 여성 모임에 회장직을 맡고 있어 선거판·정치판에서 그녀를 모르는 사람이 없다. 하지만 그녀의 이러한 생활은 하루아침에 이뤄진 것이 아니라 항상 선거 돌입 3개월 전부터 가정이란 개념과 긴장이 넘치는 선거판을 조화하며 선거상황실에서 아침 첫새벽부터 밤까지 꼬박 연구·검토하는 등 보이지 않는 남다른 노력을 엿볼 수 있다.

그녀는 최근의 보람으로 지난해 지방선거에서 4명의 도의원을 당선시킨 것을 꼽는다. 또한 여성으로서 정치 세계에 몸담고 있으면서 여성 정치에 무심할 수 없다며, 여성 정치 참여를 위한 제도 보완 및 여성의식에 대해 강조.

특히 박 부국장은 『나의 정당생활 10년』을 집필중이며, 앞으로 정치판에 등장한다는 포부를 조심스럽게 내포, 여성정치인으로 발돋움 할 준비를 하고 있으며, 보다 올바른 정치인으로 살고 싶어 정치 견문을 넓히기 위해 지난 7월 12일 중국을 경기대학교 통일안보대학원 원장 등 원생 50여 명과 동행하여 환경 캠페인 및 북경대 외 경제무역대학 학술세미나에 참석하는 등 벌써부터 하나하나 준비를 하고 있다는 지역 여론이 있지만, 그녀는 기회가 있으면 한다는 의사 표시로 현재 부자지간도 없다는 치열한 정치 세계에서 당당하고 시원시원하게 모든 업무를 처리하고 있어 앞으로 그녀가 정치판에서 발로 뛰는 정치인으로 출마할 것을 기대해본다.

[수도권일보, 1996. 9. 11. 고명현·양용기 기자]

## 정권 재창출 위해선 '여성표 절대적'

신한국당은 지난 21일 경기도지부 사상 처음으로 부처장을 1명에서 2명으로 늘리고, 현 여성부장을 부처장에 겸임토록 하는 과감한 인사를 단행했다. 이번 인사에서 경기도지부 사무처장으로 부임한 손석우 사무처장은 경기도지부 사무부처장에서 중앙당 직능위원으로 발령된 지 2개월 여 만에 다시 경기도지부 사무처장으로 금의환향했다.

신한국당 관계자들은 '마당발'로 통하는 孫 처장의 조직 관리 능력이 금년 대선에서 도내 각종 사회조직을 관리할 수 있는 잠재력을 인정받았기 때문으로 분석했다.

이와 함께 부처장에 임명된 朴明子 여성부장의 인사도 孫 처장과 함께 대선 승리를 위해 여성조직 관리에 파격적인 힘을 실어주기 위한 사전 포석이라는 것.

특히 朴明子 부처장의 여성부장 겸임 발령은 신한국당 측이 이번 대선에 도내 여성 유권자의 표가 이번 정권을 재창출하는데 절대적으로 필요하다고 인식했기 때문이며, 앞으로 경기도지부와 지구당 당원 및 여성위원회 사업이 활기를 찾을 것으로 전망된다.

지방자치 초기 경기도 여성정책 실장감으로 거론될 정도로 도내 여성계에서 능력 여성으로 꼽히는 박 부장을 부처장과 겸임토록 한 것도 도내 각종 여성단체와 신한국당 간의 거리를 좁혀, 신한국당의 지원 세력으로 연결시켜보겠다는 속셈이 적지 않게 포함됐다는 분석도 설득력을 얻고 있다.

[경기일보, 1997. 8. 25. 심재호 기자]

## 여성정책 입안·집행, 농촌과 도시 차별 안 해

"농촌 여성들이 도시 지역에 비해 소외된다는 생각을 갖지 않도록 정책적인 배려를 아끼지 않겠습니다."

박명자 경기도 여성정책국장은 경기도가 타 도에 비해 도시화율이 높아 농촌 지역이 정책적인 면에서 소홀이 다뤄지는 것이 아니냐는 기자의 질문에 대해 한마디로 기우라고 말했다. 도내에는 모두 31개 시·군이 있고, 이 가운데 군 지역은 6곳에 불과해 여성정책이 도시 쪽에 집중될 수 있다고 오해할 수 있지만, 정책 입안부터 집행에 이르기까지 농촌과 도시를 절대 차별하지 않는다고 밝혔다.

박 국장은 "그러나 아직 농촌 여성 대다수가 고된 노동, 열악한 생활 환경, 낮은 교육 혜택 등으로 자신을 돌아볼 여유를 갖지 못하는 게 현실"이라며, "이런 문제를 근본적으로 해결하기 위해 농가도우미사업, 여성농업인 고충상담실 운영, 도농교류사업 등을 대폭 강화하고, 여성농업인센터도 계속 늘려나갈 계획"이라고 말했다.

또한 농업인 해외 연수 대상자를 선정할 때도 여성 농업인이 30% 이상을 점할 수 있도록 하고, 농촌 여성들의 자질 향상을 위해 다양한 프로그램을 마련 중이라고 밝혔다.

박 국장은 특히 "도 차원에서 최근에 마련한 경기여성발전 5개년 시행계획에는 '여성 농업인의 지위 및 삶의 질 향상'이라는 구체적인 농촌여성지원사업이 포함돼 있다"고 소개한 뒤 "이 사업을 통해 농촌 여성들은 교육 기회가 늘어나고 근로조건 개선, 보육시설 확충, 보건복지 서비스가 확대되는 결과를 가져올 것"이라고 확신했다.

박 국장은 또 "고향주부모임·농가주부모임 등 농협의 내부 여성조직이 농촌 여성들의 권익 증진과 지역사회 발전은 물론 농촌 복지 향상에 많은 기여를 하고 있다"며, "지방정부에서 추진하는 여성정책이 실효를 거둘 수 있도록 이들 여성단체를 활성화시켜 나갈 방침"이라고 밝혔다.

이밖에도 박 국장은 "농촌 노인과 청소년 복지 향상을 위해 앞으로 복지시설을 신설할 때는 농어촌 지역에 우선 들어설 수 있도록 하고, 농촌 청소년들의 학업 증진을 위한 예산도 매년 늘려나가기로 했다"고 덧붙였다.

[농민신문, 2003. 7. 23.「도 복지·여성담당국장에게 듣는다」]

## 여성들이여, 거침없이 일하라

"저는 여성들에게 사회의 리더가 되라고 주문합니다. 여성들이 사회의 리더가 되기는 쉽지 않지만 목표를 갖고 항상 공부하고 성실하게 일하다 보면 길이 보일 것입니다."

수원시의회 박명자 의원은 경기도의회 5대 의원, 경기도여성정책국장 등을 역임하며 오랜 시간 동안 경기도민의 복지와 여성들을 위해 일해 왔다. 이 기간 동안 그는 경기도 여성의 대변자로 통했다.

"누군가를 위해 일하는 것이 즐겁고 바쁜 것이 즐겁다"고 말하는 그는 2년 전 "다시 고향을 위해 일할 수 있어 기쁘다"며 시의회에 입성했다.

그가 시의회에 들어오자 그를 가장 먼저 반긴 이들은 시청에서 근무하는 여성 공무원들. 그의 사무실을 방문하는 여성 공무원들이 늘어났다.

후배 공무원들을 바라보는 그의 눈은 따뜻했다. 누구에게도 털어놓지 못했던 후배들의 고충을 들어주고 힘을 북돋아 줬다. 그리고 사회를 위해 거침없이 일하라고 응원했다.

"저는 그들에게 항상 공부하라라고 주문합니다. 또 목표가 있어야 된다고 말합니다. 자신만의 목표를 세우고 성실히 일하다 보면 꿈은 현실이 될 것입니다."

그의 하루는 눈코 뜰 새 없이 바쁘다. 경기도여성단체협의회, 대한노인회, 청소년단체 등 한 번이라도 인연을 맺었던 사람들은 어김없이 그를 찾고 있다. 몸이 열 개라도 모자랄 만큼 바쁘지만 그는 부르는 자리에는 빠짐없이 참석한다. 생생한 현장의 목소리를 듣기 위해서다. 예전에도 그랬다.

손학규 도지사 시절 어버이날을 맞아 도내 31개 시·군 노인회장들을 도지사 공관으로 초청했던 일이 있었다. 당시 여성정책국장을 지내던 그는 손 지사에게 시설에 기거하는 노인들도 함께 초청할 것을 요청했고, 손 지사는 이를 흔쾌히 수락했다.

"소외된 분들의 목소리가 중요하다고 생각했어요. 도가 그 분들을 위해 챙겨야 할 일이 더 많다고 생각했습니다."

현장의 소리가 시정에 담겨야 한다는 그의 생각은 의정활동에서도 그대로 읽을 수 있다. 그는 여성 장애인을 위한 출산지원금 조례를 제정·시행을 앞두며 여성 장애인들의 남모를 고충을 함께 나눴다. 또 유치원에 대한 지원을 대폭 강화했고 위기가정부부수련회, 다문화가족지원프로그램 등 예산을 편성해 건강한 가족문화 조성에 앞장섰다.

특히 그는 여성들의 사회 참여와 지위를 끌어올리기 위해 노력을 기울이고 있다. 그가 도내 80여 명 여성 정치인들의 맏언니로 통하는 이유도 여기에 있다.

"얼마 전 수원시 여성 공무원들을 대상으로 리더십 향상 과정 강연을 했어요. 늦은 시간까지 초롱초롱한 눈매로 자리를 지키는 공무원들을 보며 신선한 느낌이 들었습니다. 저는 이들이 남들과 동등하게 경쟁하고 열심히 일할 수 있는 환경을 만들어주고 싶습니다."

[화성뉴스, 2008. 5. 19. 제88호, 홍인기 기자]

## 마음 놓고 아이 키울 수 있게 됐어요

수원시 여성 장애인 출산지원금 첫 대상자 탄생.

수원시가 지난 8월 1일부터 시행하고 있는 여성 장애인 출산지원금 지원사업의 첫 지원 대상자가 탄생했다.

첫 지원 대상자는 청각장애 3급의 ○모(장안구) 씨로 지난 8월 27일 3.4kg의 남자아이를 출산했다.

○모 씨는 지난 15일 오전 시장실에서 김용서 수원시장으로부터 출산지원금 70만 원을 전달받았다.

여성 장애인 출산지원금은 여성 장애인의 출산을 장려하고 경제적 부담을 덜어주기 위해 시행되고 있는 사업이다.

이 사업은 지난해 11월 박명자 의원(문화복지위)이 발의한 「수원시 여성장애인 출산지원금지급 조례안」이 시의회를 통과함에 따라 8월부터 시행되고 있다.

첫 지원 대상자인 ○모 씨는 수화 통역을 통해 "출산지원금 지급으로 아이 양육에 많은 도움이 될 것 같아 감사드린다"며, "출산지원금과 함께 청각장애용 무선신호기를 지원받게 돼 마음 놓고 아이를 키울 수 있게 됐다"며 기쁨을 표시했다.

시는 올해 출산지원금 지원사업비로 5,800만 원을 마련했으며, 앞으로 적극적인 홍보와 함께 지원 대상자를 발굴해 여성 장애인 출산 지원에 나서겠다는 방침이다.

[수원신문, 2008. 10. 21. 박장희 기자]

# 여성 리더십이 세상을 바꿉니다

수원의 대표적 여성 오피니언 리더 박명자 전국주부교실 경기도지부 회장은 조곤조곤한 말투와 왜소한 체구와 달리 '여성'이라는 단어에 대한 애정과 열정이 남다르다. 여성에 대한 사회 인식 변화와 주부교실을 통한 각종 소비자 권익활동, 여성 정치인 등 여성 지도자의 길을 걸어온 그녀이기에 그간의 행적을 살피면 감회가 새롭다.

경기도의회 의원(5대)을 비롯해 경기도 최초의 여성정책국장(개방형 직위) 등을 역임하며 승승장구하던 그녀가 돌연 비례대표로 수원시의회 의원이 됐다.

"어느 자리에서 일하느냐가 중요한 문제가 아니라고 생각해요. 그 자리에서 얼마나 잘하고, 또 내 경험과 능력이 그 자리에서 쓰일 수 있다는 것에서 무한한 행복을 느낍니다."

'그 자리에 없어서는 안 될 꼭 필요한 사람'이 되고자 묵묵히 제 길을 걸어왔다. 그간 도 정책국장으로, 전국주부교실 경기도지부의 장으로, 시의원으로 맡은 바 임무를 했을 뿐인데 '칭찬 주자'로 나서야 할지 고심했다는 그녀는 주변의 후한 평이 부담스럽기만 하다.

"제 인생에 '여성'이라는 키워드를 빼놓으면 단조로운 삶이 됐겠지만, 남들에게 칭찬받을 만큼 큰 업적을 남겼다고는 생각지 않습니다. 다만, 여성이 세상의 주역임을 당당히 알리고, 그런 여성들을 키워내는 일이 즐거울 따름입니다."

그녀는 지난해 전국주부교실 경기도지부 회장직을 연임했다. 회원들의 두터운 신임 속에 지난해만도 2007건에 달하는 소비자 피해를 구제했다. 소비자정보센터가 만들어지기 전부터 활동을 시작해 상당한 노하우를 축적, 상담 인력 양성과 교육도 도맡아 하고 있다.

행정과 정치 모두를 섭렵한 박 회장은 여기서 그치지 않고, 소비자와 구매자를 잇는 가교적 역할을 담당할 뿐 아니라 여성 지도자 교육과 지역경제살리기 활동, 고령화사회로 영역을 확대했다.

"여성의 문제는 어느 한 군데에 국한되지 않아요. 여성의 사회 진출에 가장 큰 걸림돌인 보육 문제를 해결하고자 보육시설 환경과 보육교사 처우 개선을 도와 시에 지속적으로 요구, 일정 부분 개선됐죠. 또 가정 문제와도 연결돼 청소년이나 노인 등을 위한 다양한 지원 정책 마련에도 관심을 두고 있어요."

이런 왕성한 활동 탓에 대한노인회 경기도연합회 자문위원장, 경기도지방여성의원협의회 수석부회장, 수원지방법원 조정위원 등 직함도 다양하다.

자기관리도 철저하다. 매일 아침 묵상기도로 하루를 여는 그녀는 5~6개의 일정을 소화할 정도다. 그렇다고 정치에 뜻이 있는 것도 아니다.

"이제는 후배들에게 자리를 양보하고, 지역 내 훌륭한 여성 지도자를 키워내는 일에 몰두하고 싶어요." 변화의 주역에서 '여성 지도자들이 어떻게 하면 수평적 관계를 유지하면서도 여성 특유의 리더십으로 세상을 바꾸는 주역이 될까?'를 고민하는 든든한 후원자를 자청했다.

"가족이 화목해야 모든 일이 평통하죠. 궁극적으로 여성의 사회적 진출과 함께 가족 모두가 행복해지는 방향으로 사회가 바뀔 수 있도록 노력하겠습니다." '일과 가정'이라는 두 마리 토기를 모두 잡은 그녀는 지역사회에 공헌할 수 있도록 배려해주고, 버팀목이 되어준 가족에게 무한한 감사의 마음을 전했다.

[수원일보, 2010. 1. 26. 이정하 기자]

## 봉사과정에서 생기는 보람과 기쁨, 스트레스와 불안을 이기는 보약

"단체가 소속돼 있는 중앙회로부터 경기도지부가 잘하고 있다는 칭찬을 받는 것만큼 듣기 좋은 건 없습니다. 힘이 되죠. 후배 여성들의 본이 되도록 더욱 노력해야 한다는 결심도 하게 됩니다."

2006년 제9대 회장에 취임한 박명자 회장은 2009년 3월 재임해 현재까지 지회를 이끌어오고 있다.

박 회장과 주부교실과의 인연은 창립 초기인 1973년으로 거슬러 올라간다. 전국주부교실 경기도지부가 창립되던 해인 1973년 12월 초대 총무직을 맡아 1986년 5월 30일까지 약 12년간 활동했다. 2004년 도지부 운영위원으로 다시 참여해 2005년 부회장을 지내고, 2006년 3월 박청자 회장의 뒤를 이어 회장직에 앉았다.

"말 그대로 집안의 살림을 도맡아 하는 주부들이 모여 활동을 하다 보니 재정적인 어려움을 겪기도 하지만, 그건 다른 단체들도 마찬가지기 때문에 현재 상황에서 최선을 찾아 사업을 추진하고 있습니다. 주부교실 경기도지부가 변함없이 지역사회의 한 축을 담당하면서 소비자 단체로 자리매김해 소비자들에게 적은 힘이나마 도움을 주려 노력하고 있습니다."

긴 세월 봉사의 최일선에서 있었던 박 회장은 요즘 후배 여성들에게서 선배들이 가졌던 끈질김이나 인내심이 점차 사라져가는 것이 못내 아쉽다고 했다. 힘들다고 쉽게 포기하는 것도 그렇고, 봉사단체에 가입했다가도 자신에게 이익이 없다고 생각되면 바로 떠나가는 모습을 보면서 여성들이 봉사를 통해 자기를 키우고 다 같이 성장했으면 하는 선배로써의 강한 바람을 나타냈다.

박 회장은 수원에서 태어나 한 번도 수원을 떠난 적이 없는 '수원의 파수꾼'이라고 할 수 있다. 한때 정당인으로 활동했으며, 도 여성국장을 지내고 도의원과 수원시의원을 지내는 등 관운도 따랐다.

박 회장은 수원시의회 의원으로 활동하던 2009년 11월 여성의 복지 증진 및 권익 향상을 위해 관련 조례 제정을 의원발의해 주목받았다. 조례개정안은 생활체육과 여가활동이 대중화 되어 가고 있는 현실에서 수영장 등 유료 공공시설을 이용함에 있어서 불이익을 받고 있는 가임기 여성에 대해 생리기간만큼 사용료를 감면해주는 것을 주요 골자로 하고 있다.

또 출산장려책으로 여성 장애인에게 출산지원금을 지급하는 '출산지원조례'도 입안했다. 이 같은 공로로 지난해 제6회 수원시 여성상 수상자로 선정됐다.

박 회장은 봉사에 대해 "봉사하는 과정에서 생기는 보람과 기쁨이 만병의 근원인 스트레스와 불안을 이기는 보약"이라며, "바쁜 시간을 쪼개 낯선 사람에게 봉사하는 것은 남을 위한 일이기도 하지만, 궁극적으로 자신에게 삶의 의미를 확대하는 소중한 시간인 만큼 회원들이 지역사회와 국가에 봉사하는 희열을 느낄 수 있도록 적극적인 활동을 펴겠다"고 말했다.

수원여고 13대 총동문회장을 지낸 박 회장은 현재 (사)경기도 여성단체협의회 감사로 있으면서 대한노인회 경기연합회 자문위원회 부자문위원장, 경기도의료원 이사, 수원지방법원 조정위원, 경기도의정회 부회장으로 여전히 바쁜 하루하루를 보내고 있다.

[프론티어 경기여성, 2011. 4]

## 나는 주부다!

"아이들과 남편을 위해 할 일을 다하고, 사회인으로서 활동하는 것이 진짜 주부입니다."

전국주부교실 경기도지부 박명자 회장은 18일 연합뉴스와의 인터뷰에서 후배 주부에게 이런 충고의 말을 전했다.

그는 19일 제23회 경기도 주부의 날 기념식에서 여성 발전 유공자로 뽑혀 도지사상을 받는다.

초등학교 5학년 손녀까지 둔 '젊은 할머니' 박 회장은 전국주부교실 경기도지부가 창립된 1973년 초대 총무직을 맡으면서 여성이자 소비자인 주부의 권익 보호에 앞장서 왔다.

세탁소에 맡긴 옷이 손상됐을 때 보상받는 법, 불량화장품 구매 후 구입비를 돌려받는 법에 이르기까지 주부들이 생활에서 겪는 애로사항을 상담하고 해법을 제시하는 역할을 해왔다. 또 주부와 노인, 청소년, 다문화가정을 대상으로 권익을 침해받지 않도록 연간 6차례씩 소비자 교육도 하고 있다.

12년간의 총무직을 마치고 2006년부터 전국주부교실 경기도지부 회장을 맡은 그는 "봉사하면서 느끼는 보람과 기쁨이 만병의 근원인 스트레스와 불안을 이기는 보약"이라고 말한다.

오랜 시간 동안 봉사의 최일선에서 활약해온 박 회장은 최근에는 후배 주부들을 소비자상담원으로 교육하는데 주력하고 있다.

경기도내 주부교실 회원 29,180명 주부의 리더인 박 회장은 "요즘 후배 주부 중에는 봉사단체에 가입했다가도 힘들거나 이익이 없다고 금방 떠나기도 한다"면서 "봉사를 통해 주부 자신을 키우고 성장할 수 있었으면 좋겠다"고 말했다.

그는 또 "밖에서 활동하는 것도 중요하지만, 가정이 근간이라는 것을 잊어서는 안 된다. 가정에서 주부로서 온 힘을 기울이고 나서 사회인으로서 활동하는 것이 바람직하다"는 말을 후배 주부들에게 전했다.

제5대 도의원, 경기도 여성국장, 제8대 수원시의원을 거쳐 '친정집'인 주부교실 경기도지부로 돌아온 박 회장은 "바쁜 시간을 쪼개서 봉사하는 것이 남을 위한 일이기도 하지만,

궁극적으로는 주부 스스로 삶의 의미를 확대하는 것"이라며 더 많은 주부들의 봉사 참여를 촉구했다.

수원 토박이로서 수원여고 13대 총동문회장을 지낸 박 회장은 현재 경기도 여성단체협의회 감사, 대한노인회 경기연합회자문위원회 부자문위원장, 경기도의료원 이사, 수원지방법원조정위원, 경기도의정회 부회장을 맡아 왕성한 사회 활동을 하고 있다.

[수원연합뉴스, 2011. 5. 18. 김인유 기자]

# 박명자 주부교실 道지부 회장, 대통령국민포장 수상

### 제18회 소비자의 날 기념식 소비자 권익보호 부문서 영예

박명자 전국주부교실 경기도지부 회장(사진 가운데)이 3일 코엑스에서 개최된 '제18회 소비자의 날 기념식'에서 소비자 권익보호 부문 대통령국민포장을 수상하는 영예를 안았다.

박 회장은 2006년 3월부터 현재까지 소비자 단체인 전국주부교실 경기도지부회장으로 활동하면서 지역 소비자운동 활성화 및 소비자의 권익 보호에 앞장서 온 점을 인정받았다.

박 회장은 수원 출신으로 전국주부교실 경기도지부 초대 총무로 활동을 시작해 경기도 여성정책국장, 시·도의원 등을 역임했다. 특히 전국주부교실 경기도지부의 총수를 맡아 매년 40~50회에 걸쳐 '찾아가는 소비자 상담센터' 사업을 실시, 소비의식 개혁을 이끌어냈다. 특히 지난 2011년 소비자 피해 예방 교육 등으로 건전한 경제생활에 기여한 공로를 인정받아 기획재정부장관상을 수상한 바 있다.

박 회장은 "소비자 단체의 일원으로 성실하게 임해왔을 뿐인데 큰 상을 받은 것 같다"며, "앞으로도 전국주부교실 경기도지부가 지역사회의 한 축을 담당하는 소비자 단체로 자리매김하며 소비자들의 권리에 힘을 싣는 데 노력을 다하겠다"고 밝혔다.

한편, 지난 1996년부터 진행된 소비자의 날 정부 포상은 공정거래위원회가 주최하고 한국소비자원과 한국소비자단체협의회가 주관하는 행사로 소비자 권익 향상에 노력하는 개인 및 우수 단체에 수여하는 상이다.

[경기일보, 2014. 12. 4. 정자연 기자]

제4부

# 지인의 눈에 비친 박명자

# 당당한 활력과 에너지의 리더

강양옥_ 경기여류문학회 초대 회장

박명자 의원은 지금부터 30년이 훨씬 넘은 시절 화수회 모임에서 처음 만나게 된 게 아닌가 생각한다. 그때 박 의원은 작은 체구에 당당한 기백을 간직한 카리스마 넘치는 전형적인 스마트한 여성이었다. 그의 또릿또릿한 눈망울에서 우러나는 지혜와 기치는 만인을 압도하고도 남을 정도다.

어느 날 그는 나에게 물었다. 한 손에는 정치 또 한 손에는 일반직을 들고 고민하고 있었다. 그때 정치를 택한 것이 오늘날 후회 없는 운명의 전환이 된 것이다. 아울러 성공한 정치인이 된 것이다.

그는 항상 당당하고 에너지 넘치는 활력으로 모든 사람의 리더였다. 그를 보고 있으면 타고 난 통솔력과 과감한 처리 능력은 예사롭지 않을 정도로 놀랍다. 그가 주최하는 행사자리에는 항상 많은 사람이 모여들고, 그 사람들을 적재적소에 배치하는 능력을 보며 사람들마다 감탄과 놀라움을 금치 못한다.

그 조그만 체구에서 번득이는 지혜와 총명은 큰 태산도 뛰어 넘을 정도로 당차다. 그를 볼 때면 평범한 한 여자이다. 그러나 일을 할 때는 또 다른 박명자가 나타난다. 남다른 치

밀한 계획과 재치는 탁월하여 혀를 찰 때가 많다.

더구나 행사장에서의 인사말은 물론이고 축사면 축사 모든 것에 막힘이 없는 그를 볼 때면 신비와 감탄이 쏟아진다. 그 똑똑 떨어지는 음성은 사람들의 귀에 쏙쏙 박혀서 의사전달과 소통이 자연스럽게 이루어져 사람들을 놀라게 하고 귀감이 될 때가 한두 번이 아니다. 아마도 그의 정치적인 저력은 박 의원만의 가지고 있는 타고난 노하우로, 그것은 신앙을 통해 하늘에서 내려 준 은혜라 생각한다.

1990년 어느 날 박 의원은 나에게 물었다. 화홍로타리클럽을 창단하는데 회장직을 맡아달라는 것이다. 나는 공직자 부인이고 재력도 없다고 일언에 사양했다. 그러나 그는 내 사양은 아랑곳하지 않고 회장 자리에 나를 세웠다. 그때 그의 박진감 넘치는 추진력을 보며 초심을 잃지 않고 한다면 하는 맺고 끊는 칼 같은 성품임을 알았다.

그 외도 무궁무진한 에피소드들이 끝이 없지만, 그의 남다른 추진력과 카리스마가 오늘의 박명자를 만들지 않았나 생각한다. 내가 경기여류문학회 초대 회장이던 시절 박 의원을 여류문학회 회원으로 입회시키면서 활발한 작품활동도 했던 제비꽃 같이 수줍은 문학소녀이기도 했다.

그 밖에도 전국주부교실 경기도지부 회장을 비롯하여 끊임없이 수많은 직함을 가지고 우리에게 군림하기도 하고, 때로는 낮은 자세로 우리를 인솔하며 기쁨과 즐거움을 선사하는 폭 넓은 아량의 천사가 되기도 했다.

"작은 고추가 맵다"는 격언은 박 의원을 두고 한 말인 것 같다. 그래서인지 지금껏 긴 세월 동안 관운을 누리며 보람되고 아름다운 인생을 알차고 복되게 살고 있지 않나 생각한다.

지금도 박 의원과 모임에서 종종 만나면 지나간 추억의 회포를 풀면서 좋은 시간을 보내고 있다. 박명자 의원의 후회없는 인생에 박수를 보내며, 늘 오늘같이 건재하며 그 수많은 명성, 그 옹골찬 기백을 영원토록 간직하면서 승승장구하기를 손 모아 기원한다.

## 신뢰감을 주는 성실한 여성정책국장

김영실_ 수원여자대학교 교수

지금으로부터 12년 전으로 거슬러 올라간 10월의 어느 날, 박명자 국장과의 인연은 그때 시작되었다. 경기도청을 방문했던 차에 처음으로 박명자 국장을 만나게 된 것이다.

여성정책국장으로 근무하던 그 분의 인상은 작은 체구이지만 성실하고 단아해 보였다. 한편으로는 여장부 같은 근성을 가진 근면한 여성으로도 비쳐졌다.

무슨 이야기를 나누었는지 기억은 잘 나지 않지만 약소한 선물을 남겼던 내 손을 부끄럽게 만들었던 기억이 난다. 박명자 국장을 뒷전에 두고 나오면서 '아! 이런 공직자도 있구나' 할 만큼 한편으로 깐깐하면서도 청렴한 모습에 놀라웠던 적이 있었다.

박 국장과의 또 한 번의 인연은 이금자 여사를 비롯하여 여섯 명의 여성위원들이 나에게 무용을 배우겠다고 왔을 때이다. 해외 외교문화 사절로서의 역할을 직접 수행하기 위해 몸소 한국무용을 하고 싶다고 했다. 그 분들이 무용을 처음으로 접해 어려움이 많았겠지만, 우리의 문화를 보여준다는 자부심으로 두 달 여 동안을 한 번도 쉬지 않고 열심히 땀방울을 닦던 박 의원의 모습이 지금도 눈에 선하다.

연습이 시작될 때면 모두들 고등학교 학생 시절로 돌아간 듯 선생님의 말을 아주 잘 듣는 모범생들처럼 열심히 했다. 이금자 회장, 박명자 의원 그리고 다른 여성위원들…….

나는 이 불꽃 튀는 위대한 여성위원들을 가르치는 신입교사처럼 순수함에 웃었고, 이들 여성위원들은 학창 시절의 모습인 양 자신의 환상을 그리며 열정적으로 춤을 추었던 기억이 아직도 생생해서 미소를 머금게 한다. 이들은 적극적인 자신의 몸놀림에 모두들 감탄했고, 그때의 연습 시절이 지금은 추억으로 고스란히 남아 있다.

이영성, 이미경, 홍수자, 박명자, 여순호로 이어진 경기도의 여성정책국장들과 나는 꽤 인연이 많은 것 같다. 그 중 박명자 국장과는 지금까지도 꾸준히 관계를 맺고 있다. 박 국장과는 함께 여행도 하고, 여러 가지 정책적인 일을 하는 데 있어 조언을 주고받는 사이이다.

어느 날 문득 전화를 걸어 경기도 팔당의 수질본부장으로 가게 된 홍승표 본부장을 방문할 수 있는지를 정중히 물어와 나도 선뜻 응했다.

여러 여성위원들과 팔당에 도착하여 팔당 수질에 대한 설명을 듣고 그 주위를 한참 견학하였다. 그곳의 경치와 분위기는 사람의 마음까지도 정화시킬 수 있는 마력을 지니게 하였다. 시를 좋아하고 잘 쓴다는 주위 사람들의 말처럼, 처음 만난 홍승표 본부장의 모습은 또 다른 남성의 매력으로 다가왔다.

그날 하루의 여정은 박명자 의원에게는 여러 가지 빽빽한 일과로 보였으나 일을 하는 데 있어 공명정대함과 투철한 사명의식은 그 누구와 비견할 수 없을 정도로 완벽했고, 아주 적극적이고 절도 있는 모습이 좋아 보였으며, 매사 체계적으로 모든 일들을 진행하였다. 그러한 일들이 우리 일행에게 역시 경기도에 애향심을 느낄 수 있도록 하였다는 점에서 칭찬할 만한 박 의원의 매력이라고 할 수 있다.

올해 5월 23일, 교육문화회관에서 있었던 한국미래춤학회 공연에 박 의원은 남경필 의원의 모친과 함께 잊지 않고 찾아주어 공연을 관람하였고, 여러 교수들을 격려해주어 무척 고마웠다.

다양한 방면에 있어 일에 대한 열정과 강직한 성품을 지닌 자만이 업무 추진력을 인정받을 수 있는 여성정책국장으로서의 역할이 가장 인상 깊었기에 여러 가지 직함이 있었지만, 나는 아직도 '박 국장님'이라고 부른다. 경기도의 여성·청소년·보육 문제를 해결하는데 있어 그 누구보다도 자신감을 갖고 최선을 다하는 모습이 그 분의 모습이기 때문이다.

박 국장은 권위를 내세우기보다는 현장 곳곳을 돌며 살피는 것으로 유명했다. 행정력과 추진력을 통해 섬세함을 보여주었으며 상대방에 대한 배려도 잊지 않았다. 나는 이런 분과의 인연을 통해 내 생활이 더 풍요롭고 행복해짐을 느낀다.

## 박명자 회장과 수원여고

김인숙_ 전 수원여자고등학교 교장

오늘도 꽤나 더운 날씨입니다. 박명자 회장을 회상하며 빙그레 웃었네요. 박 회장은 무더위도 잊게 해주는 상큼한 매력을 지닌 분이시지요.

내가 박명자 회장을 처음 만나기 시작했을 때는 2004년 3

월 수원여고 학교운영위원회 회의실에서였습니다.

수원여고에서는 학교운영위원회를 구성할 때 총동문회 회장을 당연직 지역위원으로 위촉하여 동창회가 모교와 함께 하도록 하는 내규가 있었습니다. 그 때문에 내가 교장으로 부임할 당시 제13대 수원여자고등학교 총동창회장이었던 박명자 회장과의 인연이 시작되었습니다.

그때 당시 박 회장님은 경기도 여성정책국장을 하고 있었기 때문에 회장님의 활동 범위는 상당히 무겁고 큰 직분이었습니다. 첫 인상이 예쁜 소녀 같은 느낌으로 다가왔기 때문에 나보다 연배일 것이라는 생각은 조금도 하지 못 했었지요. 이 역사 깊은 학교에서 이렇게 젊은 사람이 총동창회장을? 내심 그의 능력에 대한 호기심으로 저울질도 좀 했습니다. 그때 회장님께서는 특유한 애교 넘치는 목소리로 "교장선생님, 열심히만 하시면 힘껏 도와드리겠습니다" 하는 순간 속으로 놀랐습니다. 그의 능력을 탐색해 보기도 전에 "아이구! 당찬 소녀네?" 첫 만남의 스케치였지요.

수원여고는 참으로 사랑할 가치가 있는 학교였습니다. 오랜 시간이 흐르며 쌓여진 전통이라는 무게감 있는 문화는 그들만이 지닐 수 있는 캐릭터임에 틀림없었고요. 나는 한때 경기도 교육을 쥐락펴락했다는 명문 고등학교의 가치를 더욱 높이고 싶었고, 그 분들의 활동을 학교로 끌어들이고 싶었습니다. 내게 뜨거운 열정을 심어준 동문회 회원들은 적극적이셨습니다. 특히 박명자 회장과의 잊을 수 없는 일이 있지요.

어느 날 박명자 동창회장께서 후배들 상학금을 주라며 학교에 들르셨지요. 그리고는 밤늦게까지 도서관에서 입시 준비에 열중하고 있는 후배들의 안타까움을 돌아보며 공기가 탁하지 않은가 염려하셨습니다. 여름에는 에어컨을 틀고 있고, 벌레들이 기승을 부려서 창문을 긴 시간 열어 놓을 수가 없고, 겨울에는 차가운 바람과 함께 낙엽 등 먼지들이 들어와서 자주 열어놓을 수가 없다고, 학부모 몇 분이 정성을 모아 양재동 화원에 가서 산세베리아 화분을 여러 개 만들어 놓았지만 삼층 도서관을 채우기는 역부족이라는 대화를 나눴습니다.

그런데 며칠 후 정 실장께서 황급히 교장실로 와서 "웬 트럭들이 화분과 나무를 한 가득 싣고 어디다 배치할 것인가 묻는데 알고 계십니까?" 의아해 하고 있는데, 박명자 동창회장께서 그 특유의 목소리로 전화를 하셨습니다. "교장 선생님, 나무가 갈 거예요. 후배들 건강관리에 사용해 주셔요! 실내 공기 정화용 하고 관상목이에요. 제가 선물하는 겁니다." 사랑하는 후배들의 청정 환경을 위한 후배 사랑의 모습이자 의지였습니다. 조그마하고 예쁜 소녀 같은 이가 어째 그리 손도 크시고 배포도 크던지, 못 잊을 큰 선물이었습니다.

다부지게 고마운 일이 또 있지요. "어려운 학생들이 많아서 참으로 안타까워요." 이 말 한마디만 하면 박명자 회장께서는 장학금 끌어다 주느라 분주하셨지요. 그때 장학금 받은 학생들이 참으로 많았어요! 그때만 해도 모범생에 성적이 좋아야 받을 수 있는 게 장학금이었지요. 그러나 성적과 무관하게 열심히 사는 학생 또는 빗나간 길을 걷더라도 피치 못할 사정의 어려운 학생들을 도와줘야 한다고 하면, 박 회장께서는 쉽게 동의해 주셨습니다. 그때 혜택을 받은 학생들은 매우 멋쩍어 했지만, 저는 장담하고 있어요. 그 학생들이 그 사랑에 힘입어 절대로 나쁜 사회인이 되지는 않을 것이라는 것을…….

회장님! 제가 놀란 사실 하나만 살짝 적어도 될까요? 그 당시 회장님은 손 지사님의 아주 가까운 지인이시라고 여겨졌었는데, 종종 손 지사 부인을 대동하고 학교에 들르곤 하셨지요. 그런데 저는 정말 정치를 잘 모르고 살아왔어요. 눈치도 없었고요. 그날도 지사님 사모님과 교장실에 들르셨는데, 저는 도지사님이 상당히 큰 분이라는 것만 알았지, 정당이 어쩌고 하는 거에 별로 관심이 없었어요.

다만 그때 주변에서 선생님들이 경기도지사의 당적 이적에 대해 안타까워하는 소리를 들었던 차라 회장님이 좋아하시는 분이며, 우리 선생님들이 안타까워하며 사랑하는 분이구나 하는 생각에 그만 사모님께 강한 어조로 "왜 당을 바꾸셨어요?" 하고 따졌는데, 그게 지금 생각해도 부끄럽지요. '모르면 입이나 다물고 있지, 에고!' 그런데 제 깐엔 손 지사께 깊은 친근감을 느끼고 있었던 터라 한마디 더 붙였죠. "얼른 다시 복귀하세요." 그러면서 생명의 풀이라는 손바닥만

한 화분을 하나 드렸는데, 한 잎에 여러 개의 잎이 자라는 켈렌초이 중 만선초였어요. 잎 가장자리에 많은 새끼 잎을 달고 왕성한 번식력을 자랑하는, 그때만 해도 우리나라에서는 보기 드문 화초였지요. 후배가 외국에 갔다 하도 신기해서 잎사귀 하나를 뜯어서 물기 있는 휴지에 싸가지고 왔다며 준 것인데, 그것이 제법 자라서 화분 몇 개에 번식시켰거든요. 나름 의미심장한 화분을 드린 것인데, 손 지사 사모님께서 "교장 선생님의 직언 감사합니다."라고 공손히 인사하실 때 회장님께서는 "국민들 여론을 교장 선생님께서 대변해주신 거예요." 하셨지요? 그래서 여당·야당의 개념조차 서 있지 않은 문외한인 저는 '내가 직언을?' 하며 의아해했던 기억이 생생합니다. 정치와 교육 사이를 넘나들지 못한 저를 박 회장께서는 따뜻하게 변명도 해주시고 예쁜 미소로 분위기를 잘 다독이셨지요.

이번에 기념 문집 낸다고 원고 청하실 때 선뜻 대답한 이유는 이 말 드리고 싶어서예요. "박명자 회장님 참 잘 사신 분이에요. 그래서 무척 존경하고 좋아해요." 그리고 후배 사랑의 큰 모습 보여줄 때마다 공을 교장인 제게 돌리셨는데, 그렇게 받아서는 안 되는 공이었음을 잘 알고 있다는 것과 진심으로 감사했다는 말씀을 드리고 싶어서예요.

제가 수원여고 교장을 행복하게 마칠 수 있었던 것은 박명자 회장을 비롯해 지역사회의 여성문화를 이끌어오신 수원여고 별들의 따뜻한 사랑 때문이었지요. 교장 재직 당시 '수원여고 칠순 잔치'를 동문들이 얼마나 따뜻한 애정으로 치르셨던지…….

"공경하며 사랑하며"라는 슬로건 잊지 않고 있습니다. 박 회장님 영원히 사랑합니다. 노년을 항상 소녀 시대처럼 보내시기를 기원합니다.

## 여성 지도자로서의 삶과 능력

김장숙_ 전국주부교실 경기도지부 고문

박명자, 그 이름 석 자와 나의 인연은 정말 오랜 세월이 엮여 있다. 40년에서 겨우 몇 달 모자라는 세월이다.

박명자 회장은 경기도의 많은 단체 가운데 특히 여성단체 중에서 31개 시·군에 책임자가 다 있고, 일을 잘하고 못하는 것은 그 지역의 책임자(회장)에 따라 다르지만, 어쨌든 민간 사회단체로서는 누가 뭐래도 그는 경기도 수장이다.

내가 처음 박명자 회장을 만난 것은 1973년 10월 전국주부교실 경기도지부 총무로 있을 때다. 경기도지부 회장은 경기도 여성계가 존경했던 노일량 회장이셨다. 내가 시흥군지회를 맡기 위해 처음 만난 박명자 총무는 일에 관한 한 매사

심사숙고하고 앞뒤가 정확하게 일을 처리했다.

더욱이 한국걸스카우트 경기연맹 사무국장직도 겸하고 있었는데 초·중·고등학교 걸스카우트 담당 선생님은 물론 각 학교 교장 선생님들께서도 칭찬 일색이었다. 지금 그 분들의 나이가 80~90세가 넘었는데도, 지금도 박명자 회장을 착실하고 똑똑하고 매사 일을 정확하게 실천하는 사람이라고 기억하는 것을 볼 수 있다.

박명자 회장은 주부들의 일뿐만 아니라 청소년활동, 또다시 다른 사회에 몸을 담는다. 정당에 몸을 담고 힘들다는 정치를 하게 된다. 그를 아는 많은 사람들이 정당에 몸 담는 것을 우려했으나, 나는 그의 성품과 매사에 공과 사를 분명히 처리하는 것을 알고 있기에 적극 찬성했다. 전국주부교실 중앙회 회장이셨던 이윤자 회장은 "주부교실에서 많은 일을 해야 하는데" 하며 아쉬워했다. 그만큼 어느 곳에서도 그를 귀하게 생각했다.

그러던 그가 제5대 경기도의회 의원이 되었다. 거기서도 그 자리에 맞게 여성에게 도움이 되는 것은 물론 경기도 노인들의 문제도 적극 해결했다.

청소년부터 교장 선생님 같은 어르신들에 이르기까지 여러 계층의 사람들을 많이 대해 보았기 때문에 사회적인 노인 문제에 관심을 가졌을 것이다. 더욱이 공무원인 경기도 여성정책국장 자리는 그야말로 경기도의 요람부터 무덤까지 모든 일을 알고 있어야 하며, 그 일에 최선을 다해 해결해야 하는 일이었다.

그가 걸어 온 40년 동안의 일은 그 어느 것 하나도 소홀한 것이 없었을 뿐더러, 그와 같이 옆에 서 있었던 나는 그지없이 존경하는 마음만 많다.

우리가 그를 얼마나 알고 있나? 모두들 잘 안다고 한다. 그러나 잘 아는 것이 어디까지인지! 수원시의회 의원을 제안 받고도 고민했을 것이다. 많은 사람들은 경기도의원, 경기도여성정책국장을 했으면 국회의원을 해야지 무슨 시의원이냐고 했다.

그러나 박 회장과 나는 그들의 생각과 달랐다. 그동안 많은 경험과 그 능력을 내 옆 이웃에 직접 도와줄 수 있고, 수원시는 그가 한 번도 떠나보지 않았던 그를 키워준 곳이 아닌가. 이제 그런 곳에 마지막 봉사를 할 만하지 않는가 하는 것이었다.

주부교실 일은 걱정하지 말고 4년의 시의원 일에 충실하라고, 나는 박 회장을 도와줄 수 있었다. 그렇게 그는 수원시, 경기도는 물론 전국적인 인물이 되어 있다. 그런 여성 지도자를 갖고 있는 게 행복하지 아니한가. 늘 옆에 있었던 나는 정말 행복하다.

건강한 정신, 정직한 삶, 명확한 일처리.

앞으로도 박명자 회장의 승승장구를 빌 뿐이다.

# 여성 의원으로서의 활동과 성과

김주호_ 수원시 복지여성국장

지난 1991년 부활된 지방자치제도는 우리나라 민주주의 발전과 주민이 행정의 중심에 서는 지방행정의 커다란 전환점이 되었다. 하지만 아직까지 진정한 지방자치의 성장 동력인 '분권과 자치' 수준은 지방화·세계화·정보화 시대에 부응하지 못하는 실정이다.

그간 기초의회에서 세 번씩 근무하면서 지방자치 발전과 지역 발전 그리고 시민들의 복지 증진을 위해 고민하고 노력하는 의원들을 곁에서 지켜볼 기회가 많았다. 그 중에서 8대 수원시의회 문화복지 전문위원으로 박명자 의원과 3년을 함께 했다. 함께 일하면서 경기도 여성국장과 경기도의회 의원을 역임한 풍부한 행정 경험을 바탕으로 남다른 열정으로 의정활동을 하시는 데 대해 많은 것을 느꼈다. 공직자로서 박명자 의원의 여러 활동에 찬사를 보내고 싶다.

박명자 의원께서는 여성정책 전문가로 여성 문제는 물론 우리 사회의 출산율 저하로 인한 인구 감소 현상과 고령화 문제를 심각하게 인식하고 있었다. 따라서 "사회가 잘 돌아가려면 각종 재화의 생산 기반이 되는 가정이 먼저 이루어져야 한다"는 생각 아래 여러 정책들을 조례로 실현시켰다.

4년 동안 9건의 조례안을 발의했으며, 특히 「수원시자녀출산·입양지원금지급 조례안」과 「수원시 여성장애인출산지원금지급 조례」 제정에 앞장섰다. 이를 통해 저출산 및 입양아에 대한 정부의 체계적인 국민 인식 전환 정책을 촉구하고, 가족과 자녀의 필요성을 현시대에 맞게 재정립하여 출산을 소중히 여기는 가치관을 심어주는 데 힘썼으며, 출산 여성에 대한 사회 진출의 편견이 사라지도록 시민의 의식을 변화시키는 데 노력했다.

또한 시정 질문을 통해 주요 시책에 대한 제안도 많이 했다. 수원은 정조의 효 사상이 깃든 효의 도시로 '혜경궁 홍씨의 서체를 활용한 화성 성곽 내의 간판 정비사업' 과 "정조의 탄신일을 수원시의 기념일로 제정하고, 정조대왕 현양사업과 다양한 문화 행사를 개최"하자는 제안을 하여 탄신기념행사인 '탄신숭모제'를 비롯한 정조대왕의 치적을 집중 조명하는 행사를 발굴하여 정조대왕의 업적을 기리는 데도 앞장섰다.

의회의 기능 중에는 예산·결산안 승인권과 행정사무감사권이 있다. 행정사무 감사는 집행기관이 지난 일 년 동안 추진해온 행정 업무를 의결기관인 의회에서 확인 평가하여 문제점을 지적하고, 그 개선책을 제시함으로써 행정의 능률성과 효과성을 제고시키기 위한 정기적인 의정활동이다.

박 의원께서는 평소 위원회 활동을 통해 습득한 지식과 준비한 감사 내용을 토대로 관련 단체는 물론 시민들을 찾아 애로사항을 확인하는 등 다양한 관점에서 다양한 기준을 적용하여 행정활동에 대한 잘잘못을 따져 비능률, 비효과적인 업무 수행, 답습적인 무사안일 행정, 낭비 행정 등 바람직하지 못한 행정 업무 개선에 많은 기여를 하였다.

그간 행정가로서 정치인으로서 지방자치와 분권 그리고 시민들의 삶의 질 향상을 위해 많은 노력을 하면서 살아온 박명자 의원. 그 여정을 뒤돌아보면서 의미 있는 족적을 남기고, 현재를 살아가는 우리에게 교훈이 되는 문집 출간에 즈음하여 곁에서 본 소회를 적어봤다.

## 똑 소리 나는, 그녀는 현재진행형이다

김훈동_ 수원예총 회장, 시인

박명자, 그녀는 나와 인연이 깊다. 그녀가 수원문화원(현재 팔달보건소 자리)에 근무할 때부터다. 47년 전이니 적어도 그녀의 행보를 알만큼 안다고 해도 지나치지 않다. 문화원은 그녀가 여고 졸업 후 첫 근무지였다.

그때도 그랬다. '똑 부러졌다'는 칭찬을 듣고 있었다. 당시 나무로 지은 문화원은 2층인데 층계를 오르락내리락 할 적마다 소리가 났다. 주로 자유분방한 학생들이 드나들었다. 내가 농대 재학 중에 문학 서클, 도산 안창호 선생을 기리는 기러기회, 재수 서울대생 모임인 팔달회, 개인 시화전 등으로 문화원을 자주 드나들 때였다. 언제 봐도 그녀는 웃음 띤 얼굴로 대해줬다.

그녀는 자상하다. 아주 오래 전이다. 용인 한화콘도에서 그가 몸담고 있는 전국주부교실 시군지부장 연찬회에 강의 요청을 받고 갔을 때다. 주부교실 경기도지부 회장으로 '똑소리 나게' 진행하는 모습을 보면서 그녀의 리더십을 읽어낼 수 있었다. 회원들을 융화시키고 장악하는 리더십으로 그들의 고충을 듣고 마음 헤아려 주는 모습에서 그걸 느꼈다.

그녀는 늘 남을 배려한다. 경기여성비전센터에 있는 주부교실 사무실을 방문했을 때였다. 소비자들을 위한 물가조사 업무를 진행하면서 일어나는 여러 가지 이야기를 나누는 가운데 조사원에 대한 그녀의 배려와 자상함이 배어났다.

그녀는 당당하며 논리적이다. 그녀는 대한노인회 경기도연합회 자문위원회 부위원장이다. 회의를 시작하면서 이따금 그녀가 '노인 강령'을 낭독한다. 한 글자 한 글자 분명한 어조로 읽어가는 목소리에 카리스마와 색깔이 묻어났다. 대화를 할 때에도 또박또박 한 마디마다 상대가 흘릴 수 없게 논리정연하게 말한다.

그녀의 보폭은 매우 넓다. 걸스카우트연맹 사무총장, 한나라당 경기도당 여성국장에 이어 경기도 여성 공직자의 정점(頂點)이라 할 수 있는 여성정책국장을 거쳐 수원시의회

의원을 했다. 그녀의 행보는 늘 당당했고 언제나 정곡을 찌르는 여성 지도자였다. 수원에 그만한 여성 지도자도 없다. 숱한 경험과 살아온 내력이 단단하기 때문이다.

수원 지역 여성계에 희망의 씨가 되어 즐거움을 만들고 기쁨을 주는 그녀의 활동은 멈추지 않고 곳곳에 뿌리를 내리고 있다. 다양한 경험이 쌓인 탓인지 그녀는 복합적 리더십의 소유자다. 때로는 지켜봐 주는 엄마 같은 리더십, 자혜롭게 넘어가주는 포용력, 무섭게 다그치는 호랑이 같은 리더십을 갖고 있기에 그렇다.

그녀는 말수가 적은 편이면서도 소통을 잘한다. 말만 번지르르하거나 공허하게 맴도는 말을 절대 하질 않는다. 따뜻한 마음, 섬세함이 갖춰져 있는 그녀의 당당한 행보는 지금도 현재진행형이다. 오늘도 반가움과 기대감을 우리들에게 안겨주기에 그렇다.

# 내일을 열어가는 여성

박건웅_ 한국시인연대 중앙위원

박명자 여사는 교회를 섬기는 신앙이 돈독한 교회 권사

로, 문학에도 일가견이 있는 수필가이기도 하다. 그렇지만 경기도청 여성국장으로 근무하면서 도정에 기여한 공로는 물론 도민과 지역사회 발전을 위한 헌신이 많은 분이다.

박 여사가 풍기는 인상은 눈에서부터 그 총기를 읽을 수 있다. 음성 또한 부드럽고 맑아 예사스런 분이 아님을 감지할 수 있을 뿐더러 언제나 단아하고 상냥한 모습이 그렇게 좋을 수가 없다.

박명자 여사와 처음 면식을 가진 건 삼일실고 교무부장으로 재직하고 있을 때였다. 하루는 학교 걸스카우트를 지도·조언하기 위해 그 부서의 요직에 있는 분이 학교를 방문하였는데, 그 분이 바로 박 여사였다.

그날 박 여사는 삼일스카우트 대원들의 집합 상태 및 제반 동작을 주시하면서 학교의 지도교사가 미처 교육하고 훈련시키지 못한 점들을 하나하나 지적하고 바로 잡아주고 가르쳤다. 그 수업을 참관하면서 매우 야무지고 자상한 분이라는 생각을 했었다.

그리고 얼마 후 수원에 오래 산 지역의 한 인사로부터 박 여사가 여고 시절부터 문학에 소질을 지닌 문학소녀로 활동했다는 말을 듣고, 문인의 한 사람으로 문우로서의 교감이 있을 것을 예감했다.

박명자 여사는 걸스카우트를 비롯한 청소년들의 지도·육성뿐 아니라 정계·문단 등 여러 기관단체에서 광범위한 활동을 해왔다. 특히 경기도청 여성국장으로 재직하는 동안 여성의 권익 옹호를 위해 심혈을 기울여 큰 성과를 거두신 분이다. 우리는 일제 때 고등 교육을 받은 여성들을 신여성이라 불렀고, 오늘날 시대 문명에 잘 적응하여 생활하면서 지성과 교양을 갖춘 여성을 현대 여성이라 하는데, 박 여사는 신여성·현대 여성보다 한 발 앞서 가는 내일의 여성이란 생각을 하게 된다.

필자가 고매한 인품과 경륜을 지닌 박명자 여사와 교분을 갖게 된 것은 교회에서 금요일마다 갖는 속회예배를 통해서다. 감리교는 속회로 모이면서 발전해 왔는데 모이는 시간은 대개 낮 시간이다. 직장에 나가는 교인은 참석이 어렵다.

그래서 직장에 나가는 몇몇 분들이 모여 속회예배를 드리기로 했다. 교육청·우체국·세무서·화성군청·선경합섬·학교 등 각기 직장도 다르고 서로 사는 동도 달랐지만, 하나의 속을 만들어 매주 금요일 저녁 가정을 돌아가며 내외는 물론 가정의 아이들까지 예배를 드렸다. 그 속회에 박명자 여사가 우체국장으로 계신 부군과 함께 참석하여 놀랍고 반가웠다.

속회로 모이기 시작하여 얼마 지나는 사이 서로들 친숙해져 내외 동반으로 관악산 등 산을 찾아 등산도 하고, 열차를 타고 치악산·오대산 등지로 야외 예배를 다녀오기도 하면서 속회원들과의 유대는 친척 이상으로 두터워갔다.

하지만 십 년 가까이 지났을 때 한 가정은 집안 어른을 따라 다른 교회로 적을 옮겼고, 한 가정은 서울로, 또 한 가정은 호주로 이민 가고, 필자는 필자대로 수원을 떠나 안산 청주로 이사하여 속회 모임은 가슴에 그리운 추억으로 남았다. 하지만 그동안 쌓은 정은 식지 않아 지금도 안부를 주고받는다.

살다보니 서로 멀리 살아 자주 오가지 못하는 사이 세월은 흘러 다들 직장에서 물러나 각자 주어진 여건과 취향대로 여생을 살고 있는데, 속회에서 가장 연장자로 속회를 인도했던 장로님은 작년에 소천하시어 세상에 안 계시다.

이따금 그때의 속회원을 뵙게 되면 얼굴의 주름과 은발이 먼저 눈에 들어온다. 그러나 교회에서 종종 뵙는 박명자 여사에게선 세월의 흐름을 읽을 수 없게 젊어 보이는데, 요전에 주일예배를 드리고 돌아올 때 고희라는 말을 듣고 귀를 의심했다. 벌써 고희라니 믿어지지 않는다. 그 용모·음성·활동으로 보아 고희라니 다시 한 번 귀를 의심하면서 세월이 그렇게 흘렀는가, 온갖 상념이 꼬리를 문다.

박 여사에게서 고희라는 말을 직접 들었으니, “박 여사님은 아직 젊으십니다”란 말을 드리고 싶고, 고희를 축하드리고 싶다. 앞으로도 지금까지 해 온 것처럼 지역사회를 위해 활동하면서 좋은 글 많이 쓰시리라 확신한다.

박명자 여사의 건강과 가정의 행복과 자자손손 평강하기를 기원하면서 두서없는 난필을 놓는다.

# 인생의 내비게이션, 영원한 멘토

박란자_ 수원시팔달구보건소 보건행정 팀장

나의 인생 내비게이션, 영원한 멘토, 미래의 내 모습 모델인 박명자 선배님을 처음 만난 것은 2006년 10월 가을로 거슬러 올라간다.

가을의 추억이 물들어가고 민족 최대 명절인 추석으로 사람들의 마음은 푸른 가을 하늘을 수놓을 때, 나는 팔달구 세무과 재산세 담당으로 납기 마지막 일정으로 바쁜 나날을 보내고 있었다. 그 무렵 〈수원시가족여성회 관장〉이라는 새로운 조직에 인사 발령이 났다.

평범한 공직생활을 하던 나에게 장기 교육과 새로운 분야의 발령은 '나는 어디로 가야 하는가. 나는 어떻게 살아야 하는가' 하는 물음을 던졌다. 그때 많은 책을 읽는 계기가 됐다. 소위 성공했다고 하는 이들의 강연도 들어보았다. 또한 주변에 행복해 보이는 선배들에게 묻기도 했고, 명상도 해보았지만 무엇인가 늘 부족하다는 느낌을 지울 수가 없었다. 그래서 '멘토가 필요하다'는 생각을 하게 되었다.

그 즈음 전혀 새로운 분야에서 무엇을 해야 할지 모르는 상황에서 박명자 선배님을 만나게 된 것은 무척이나 큰 행운이었다. 여성복지 증진, 여성 능력 개발, 여성의 사회적 참여 확대, 경력 단절 여성 사회 복귀, 다문화가정 등 여성에 대한 사회 문제가 이슈 되는 시기였기에 더 그랬다. 그때 내가 느낀 박명자 선배님의 첫인상은 단아하면서도 카리스마가 있는 목소리로 모든 사람의 시선을 집중시키고 분위기를 압도하는 모습이었다.

처음 선배님께 다가간다는 것은 얼음 위에 서 있는 것처럼 두려웠다. 앞에서 말할 때도 가슴이 콩닥콩닥하고, 무슨 얘기를 어떻게 해야 다가갈 수 있을까, 정말 닮고 싶지만 다가가는 방법을 모르는 어린애같이 길을 찾지 못했었다.

하지만 선배님께서 먼저 손을 내밀고 다정하게 말을 건네주며 성씨가 같고 이름의 끝자가 같으니 '왕언니'하면 될 것 같다고 농담하며, 처음 배우는 어린아이처럼 공무원으로서의 자세, 기관을 이끌어가야 하는 행정직으로서의 역할 등에 대하여 차근차근 가르쳐주셨다. 그리고 가족여성회관 발전을 위하여 다방면의 전문가를 소개해주는 등 미숙한 저를 기다려주고 혼자 할 수 있을 때까지 바라보면서 엄마와 같은 따스함을 베풀어주셨다.

경기도 여성정책국장으로 근무한 경험을 토대로 경기도 여성회관의 운영 사례 및 수원시 가족여성회관의 운영 방향에 대한 정보도 일일이 알려주셨다.

처음 시작되어 많은 어려움이 있었으나 선배님의 조언에 힘입어 일을 처리했다. 다양한 분야의 견학, 시설 안내, 프로그램 조언 등으로 가족여성회관은 시행착오 없이 시작부터 많은 주민들로부터 좋은 평가를 받았다. 또 다양한 전문 지식을 갖춘 여성 지도자를 배출하는 교육의 장이 되고, 지역 문화 및 여성들의 문화·창작 활동도 지원하여 여성 스스로 자존감을 높이는 전문적인 여성 리더를 만드는 산실로 이끌 수 있었다.

그 주에도 내 인생에 가장 아름다운 모습으로 기억될 것은 선배님과 함께 단양에 있는 한 리조트로 여행을 간 것이다. 다양한 분야에서 활동하는 최고 전문가들을 만나 뵙고, 그 분들의 철학과 전문 지식을 여과 없이 받아들인 나는 충격 그 자체였다.

선배님은 의정활동에서도 주민복지에 더욱 치중했다. 여성의 권익 향상과 양성 평등 및 건강가족 지원을 위하여 수원시 공공수영장 이용 시 가임기 여성에 대한 생리기간만큼 이용료 감면을 위한 조례, 다문화가족의 건강한 사회 일원으로 적응할 수 있도록 하는 수원시다문화가족지원 조례 등 다양한 조례를 개정·발의하고 시민복지 증진을 위한 의정활동을 했다.

의회 행정 감사에서는 시정 질의한 사항에 대하여 꼭 실천 가능 여부를 묻고 추진 상황을 일일이 체크하여 많은 후배 공무원들이 가장 무서워하고 힘들어하는 의원이었다. 하지만 후배 공무원들이 어려운 상황에 부딪치면 먼저 대안을 제시해주는 등 후배 사랑 또한 각별하셨다.

지금도 다양한 분야에서 왕성하게 활동하시는 선배님을

진심으로 닮고 싶다.

나의 인생 내비게이션, 영원한 멘토, 선배님 사랑합니다!

## 물 위를 건너게 해주는 징검다리 같은 누님

**박병두**_ 시인, 시나리오 작가

고향을 떠나 수원에 거주지를 두고 살아오면서 아직도 낯설다는 느낌이 들곤 한다. 필자가 걸어왔던 인생길은 안개가 잔뜩 낀 수면 위를 걷는 것과 같았다. 이 수면 위를 걸으면서 크고 작은 어려움을 겪어야 했는데, 그럴 때마다 수면을 건널 수 있도록 도와준 징검다리 같은 사람들이 있었다. 징검다리 같은 지인들을 만난 필자는, 수원의 울타리에서 우정을 나누거나 마음의 정을 나누며 소주잔을 기울였다. 하지만 그 사이 많은 분들이 세상을 떠나 영면했다.

이런 가운데도 기억나는 한 분이 추억으로 다가온다. 바로 박명자 수필가 선생이다. 선생이 벌써 칠순을 맞았다고 하니 참으로 세월이 빠른 듯하다. 필자가 스물다섯 살에 처음 뵈었으니 어언 30년 인연이 훌쩍 지난 셈이다.

드라마에 관심을 갖고 영화배우가 되려고 살아왔던 필자는 어느 날 수원의 문단에 발을 들여놓게 되었다. 수원 문단에서 말석인 젊은 청년이었던 필자를 박명자 선생은 아주 귀하게 대해 주셨다.

선생은 정당의 정치인으로 활동하셨고, 지역의 도의원과 시의원·도청 여성정책국장을 지내셨는데, 필자에게는 누님과 같은 분이다. 어느 관내 치안의 책임자를 맡았던 필자는 선생과 차 한 잔을 나눈 적이 있었다. 차를 나누면서 선생에게 고마움과 미안함을 느꼈다. 늘 말석에서 살아가면서 여러 사람들과 관계를 맺느라 분주하던 필자, 그런 필자가 자주 안부를 여쭙지 못했는데도 언제나 묵묵히 지켜보고 계셨다는 것을 깨달았기 때문이다.

그런 선생이 벌써 칠순을 맞으셨다니 참으로 세월이 빠르다. 늘 단아하고 깔끔하신 선생은 정치인의 냄새보다는 인간적인 기품을 더 풍겼다. 공직활동으로 바쁘신지라 좋아하시던 문단활동을 자중하셔야 했지만, 필자의 문학 행사에는 바쁜 시간을 내어 꼭 참석해주셨고 가끔 안부를 전해주시곤 했다. 시의원으로 활동하실 때 서울에서 곽재용 감독의 영화 '사이버 보그 그녀'의 시사회에 참석해 마음을 나누었고, 시청에서 마주할 때면 고향의 누님처럼 사랑을 나눠주셨다.

사실 선생이 수원 토박이라는 것을 알게 된 것은 얼마 전이었다. 바로 필자가 대표로 활동하고 있는 '영사모' 모임 때문이었다. 얼마 전 영사모 모임에서 주관한 영화를 선생과 함께 북수원 CGV에서 함께 보았다. 그날 선생은 단아한 표정으로 조용조용 필자의 말에 귀를 기울여주셨는데, 필자에게는 정겨운 누님과 같은 모습이었다. 살아가는 모습이 서로 다르고 세대차의 벽은 있지만, 선생의 따뜻한 배려 덕분에 우리 두 사람의 벽은 금세 허물어졌다.

선생은 지역에서 어른으로 존경받고 계시지만 언제나 한결같은 분이시다. 살다보면 사람들은 정치적인 계산으로 관계를 맺거나 이익에 따라 관계를 형성한다.

필자는 모든 사람을 귀하게 여기며 조건 없는 사랑을 실천하고 싶지만 그러기가 도무지 쉽지 않다. 직장에서, 문학을 하면서, 삶의 방향을 놓치며 길을 걸을 때가 많다. 혼탁한 세상에서 인간답게 살아가겠다는 다짐은 때론 버겁게 느껴지기만 한다.

이런 필자에게 박 선생은 항상 힘이 되어 주신다. 선생은 수필가로 살아가시든 정치인으로 살아가시든 항상 일관된 삶의 목표를 추구하신다. 격 없이 그윽한 미소로 사람들을 대하신다. 이렇게 사람을 사랑하시는 삶을 실천하시는 선생의 모습은 내게 그 어떤 금과옥저보다 소중한 교훈을 전해준다. 이런 선생께 필자는 어떤 보답을 해드릴 수 있을까? 좋은 영화를 함께 볼 수 있는 자리를 마련해 드리고, 좀 더 자주 안부 인사를 드려야겠다.

끝으로, 필자 주위에 박 선생과 같은 분이 있는 것과 마찬

가지로, 우리 주위에는 고맙고 소중한 사람들이 많다. 이들 덕분에 우리는 인생이 외롭지 않은 것이다. 정현종 시인은 「섬」이라는 시를 통해 '사람들 사이에 섬이 있다. 그 섬에 가고 싶다' 고 말했다. 우리가 서로에게 물 위를 건너게 해주는 징검다리 같은 섬이 되어줄 때 세상은 아름다워질 수 있다.

## 닮고 싶은 따뜻한 여장부

**박순자**_ 17·18대 국회의원

박명자, 포기를 모르는 마라톤 선수처럼 묵묵히 앞을 보고 달리면서도 '함께 뛰는 사람, 뒤따라오는 사람'들까지 걱정하고 챙기는 따뜻한 여장부의 모습이다.

대한민국이 온통 찜통더위로 헉헉대는 2013년 8월, 우리 여성계의 대선배이신 박명자 회장께서 책을 낸다는 소식을 접했다. 역시 이 한여름에도 그 분은 뛰고 계셨구나 싶어, 스스로 한숨 쉬고 가려던 모습을 추스르게 된다.

박명자 전국주부교실 경기도지부 회장.

수원 토박이로 수원시의원, 경기도의원, 경기도 여성정책국장까지 지내는 동안 경기 여성의 복지 향상과 여성들의 사회 참여 확대를 위해 부단히 많은 일을 해 오셨다. 특히 의정 활동 때의 모습들을 생각해보면, 한 가지 일을 추진하면 끝까지 좋은 결실로 성공시키는 특유의 업무 추진 능력은 유명하다. 말보다 실천이 앞서는 후배들이 닮고 싶은 선배로 존경받는 분이다. 그러나 내게는 박명자 회장이 유독 남다른 의미를 가진 분이다.

젊은 시절 내가 아이를 키우면서 사회생활을 하는 것을 버거워할 때, "이 시대가 바라는 진짜 여성은 아이들을 잘 키우고, 남편을 위해 할 일을 다하고, 그리고 한 사람의 사회인으로써 자신의 꿈을 키우는 거예요. 지금 조금 버겁고 힘들더라도 이 시기를 지나면 아마 강하고 단단해진 자신의 모습을 발견하게 될 것입니다."라는 격려와 도닥임으로 나를 이끌어준 분이다.

특히 내가 17대 국회의원으로 국회에 진출하고, 18대까지 재선 의원으로 활동하는 동안에도 여성의 권익 보호와 빈곤 아동, 노인복지법안 발의, 장애 아동을 위한 지원 활동 등 생활정치를 실천할 수 있도록 늘 옆에서 지지하고 지켜봐주신 분이다.

언제나 든든한 기둥처럼 힘들 때 기댈 수 있는 분, 늘 앞을 향해 달리지만 '함께 가야 하는 의미'도 챙기시는 따뜻한 사람, 그래서 내게 박명자는 언제나 내가 존경하는 여성계 선배이시다.

# 더도 말고 덜도 말고 박명자만 같아라

박종희_ 제16·18대 국회의원

도의원, 시의원, 경기도 여성정책국장 등 박명자의 앞에 붙었던 온갖 전·현직의 감투와 수식어를 몽땅 갖다 붙여도 '맏언니' 혹은 '큰언니' 박명자가 담고 있는 그의 큰 그릇을 표현하지는 못하는 것 같다.

동아일보 기자를 하던 내가 수원시 장안구 출신 국회의원으로 정치를 시작한 2000년부터 시작된 그와 나의 인연은 지금까지 단 한 번의 어긋남이 없는 완벽한 조화 그 자체였다. 그것은 박명자가 결코 자신을 내세우지 않고 묵묵히, 그러면서도 부지런하고 주도면밀하게 자신의 역할을 다해왔기 때문이다.

그런 점에서 나는 그를 수원의 '여자 신현태'라고 감히 비유하고 싶다. 신현태 전 의원은 어느 자리에서도 꼭 있어야 하는 소중한 존재이면서도 자신을 늘 낮추고, 어떤 모임이든지 화목한 분위기를 이끌어 내가 참으로 존경하는 큰 형님이다.

그래서 손학규 전 경기도지사가 한나라당 시절 신현태 전 의원에게 "더도 말고 덜도 말고 신현태만 같아라" 하고 농담조로 자주 얘기했는데, 박명자가 걸어온 길을 보면 한가위

보름달 덕담인 “더도 말고 덜도 말고 박명자만 같아라”가 딱 들어맞는 말인 것 같다.

2006년 6월 지방선거 때의 일이다.

수원시의회 비례대표의 남성 후보로는 홍기헌 전 수원시 의장이 일찍 낙점됐었고, 여성 후보로 박명자가 아닌 다른 분이 거론되다가 공천 하루를 앞두고 예기치 않은 상황이 벌어져 다른 인물을 찾게 되었다.

당시 남경필·신현태 등 수원의 당협위원장들이 외국 출장을 나가고 나 혼자 남아 발만 동동 구르고 있었다. 여러 채널을 가동해봐도 도의원과 경기도 여성정책국장을 지낸 박명자만한 사람을 찾을 수 없었다.

그러나 입을 떼기 쉽지 않은 상황. 그때 박명자의 진가가 발휘됐다. 사심을 버리고 여러 사람을 내게 추천하기도 했는데, 내가 마땅해하지 않자 “정 사람이 없으면 제가 급을 낮춰서라도 수원시를 위해 봉사하겠다”는 것이었다.

경기도정을 담당하다 기초자치단체 시의원으로 급을 낮추는 것은 쉽지 않은 처신인 것이 정치 현실이다. 하지만 박명자는 전국 최초로 여성 장애인에게 출산장려금을 지급하는 조례를 제정하는 등 수원시의회에서도 발군의 의정활동을 벌였다.

박명자는 걸스카우트연맹, 전국주부교실 활동을 하면서 대한노인회 경기도지회 부자문위원장으로 여성들을 이끌고 봉사 현장에서 ‘동에 번쩍 서에 번쩍’하는 맹활약을 벌였다.

부드러운 카리스마로 여러 사람의 의견을 경청한 뒤 내리는 결론은 늘 합리적이면서도 명쾌해 그가 속한 모임은 늘 활기차고 생산적이다.

경기도와 수원 여성계의 맏언니로 그의 경륜과 인맥은 참으로 소중한 자산이다. 큰언니이면서 '젊은 언니 박명자'가 새로운 봉사활동과 후학 지도에 나서는 또 다른 변신을 기대해본다. 내게는 늘 큰 누님이신 박명자 파이팅!

# 내가 본 박명자 회장

박청자_ 전국주부교실 경기도 직전 회장

워크숍이 있어 아래 지방을 다녀왔다.

며칠을 비어 있는 동안 소포·편지·메일들이 많이 와서 기다리고 있다. 메일을 보는데 박명자 회장이 보낸 편지글이다.

박청자 회장님께

안녕하세요? 회장님, 『달빛 흐르는 밤』과 『숲이 만든 그늘에서』를 잘 받았습니다.

변함없이 글을 쓰시는 모습이 아름답습니다.

저도 내년에 칠순이라 책 한 권을 내려고 준비 중에 있습니다. 회장님께서 "내가 본 박명자"로 하여 원고 10매 분량의 글을 9월 21일까지 보내주시면 감사하겠습니다.

오늘 핸드폰으로 전화드렸더니 송 선생님께서 받으셨습니다.

감사합니다.

오랜만에 이렇게 메일을 받았다.

어느 새 박 회장이 칠순이 되었다고 한다. 나보다 훨씬 나이가 아래인줄 알았는데…….

박명자 회장은 내가 공무원을 접고 용인시 회장으로 있을 때 경기도 노일량 회장님과 함께 활동을 하고 있었는데, 젊고 야무지고 반듯하게 업무를 잘 맡아하여 주위에 칭찬을 받았으며 한국걸스카우트 경기연맹의 국장도 겸하고 있었다.

여러 해가 지나고, 김혜경 회장 임기 끝난 다음으로 내가 경기도 회장을 역임하고 있을 때, 박 명자 회장이 집으로 찾아와 자문을 구했다. '경기도 여성정책국장' 을 공모하는데 신청하고 싶다며 경력증명서를 발급받았으면 해서다.

그때 우연히 도지사님을 뵙고 전국주부교실단체에서 여러 해 활동도 했고 도움을 주신 분이라며 박명자 선생이 훌륭하다고 추천했는데 절차를 거쳐 공모하신 많은 분들 중에 발탁이 되는 영광을 얻었다.

그 후 내가 회장 연임을 하는 동안인데 박명자 씨가 여성

정책국장 임기가 끝나고 퇴임을 하고 있기에 후임 회장을 시켜보려고 전국주부교실 경기도지부 부회장으로 추천을 하였던 것이다.

얼마 후 6년 간 회장직이 끝날 무렵 그만두겠다고 중앙회 이윤자 회장님께 말씀드렸더니 연임하라고 권하셨지만, 영원한 내 자리가 아니라며 회장도 해봐야 서로 고충을 알 것이라고 사양을 하였다.

다른 시·도에서 재임을 오래하는 것을 보면 감투욕에 연연하는 것 같은 생각으로 박명자 회장 외 두 분을 추천하였더니 바라던 대로 결재를 해주셔서 다행이라고 하였다.

이젠 마음 놓고 조용히 집에서 글이나 쓰겠다며 나를 도왔던 부회장 두 분에게는 미안하긴 했지만 좀 더 젊고 야무진 분을 후임 회장으로 세워 전국적으로 시·군 지회가 제일 많은 경기도 발전을 위해서 한 나의 결정이었다.

이·취임식을 한 후 박회장은 기초의회에도 비례대표제가 도입되어 수원시의회 비례대표 1번으로 선발되는 영광도 갖게 되었다.

의정활동과 주부교실 경기도지부를 잘 이끌어 나가기에 감사함을 전한다.

칠순(희수喜壽)을 맞이한 '박회장의 아름다운 삶' 을 축하드립니다.

# 단정한 문학소녀

박흥석_ 한국BBS중앙연맹 사무총장

'단정한 문학소녀!'

박명자 누님을 오랜 기간 알고 지내면서 내 마음속 깊숙이 자리하고 있는 단 하나의 이미지는 소녀였다.

누님을 처음 만난 것은 25년 전. 정치부 기자 시절 정당을 출입하면서 수원이라는 매개체를 통해 자연스럽게 공감대를 형성해갈 수 있었다. 당료생활을 하던 누님은 그 와중에도 시집이나 수필집 등을 늘 곁에 두고 있었다. 그래서인지 신문사에 기고를 보내는 주요 외부 논객의 한 사람이었다.

'단정한 큰 누님!'

내가 누님이라는 가족 같은 단어를 스스럼없이 쓰는 데는 이유가 있다. 누님은 내 큰누님과 45년 해방둥이 동갑이다. 내 누님은 해방되는 날(음력 7월 7일) 태어나 이름이 칠성이다. 수원여중을 졸업하고 직업전선에 나서야 했던 누님은 결혼 후 서울에 살면서 나를 포함한 온 동생들까지 건사하다 일찍 하늘나라로 떠나버렸다. 워낙 알뜰하고 똑똑 부러지는 모습의 박명자 누님을 보면서 성격까지 비슷한 누님이 오버랩되는 것은 당연했다.

내가 한나라당의 장안구 당협위원장을 할 때도 그랬다. 고맙게도 운영위원을 맡아주신 누님은 회초리(?)는 들지 않았지만 언제나 반듯하면서도 따뜻한 선생님이었다. "위원장님, 술은 적당히 드시고 사람이 많이 모일수록 당당하고 의연한 자세를 가지세요." "항상 옷차림을 단정히 하고 말투에도 신경을 써야 합니다." "동네 구석구석을 쉬지 말고 다니시고 봉사 열심히 한다는 소리 들어야 합니다."

누님은 막내 동생벌인 나에게도 한 번도 반말은커녕 어정쩡하게 말씀을 하신 적이 없다. 동생을 지켜주려는 듯한 언행이 때로는 경직된 반듯함에 숨이 차오르는 듯한 느낌도 있었다. 하지만 당협을 운영하는 데는 초석 같은 경각심이 되어주곤 했다.

누님의 훈시(?)대로 골목길을 누비다 보면 연무동 영화천변의 누님 집도 자주 지나치곤 했다. 특히 짜장면 봉사 때나 독거노인 쌀 배달 등을 하다가 마주치는 작은 집은 인기척이 없어도 늘 소담스러움이 배어나오는 느낌이었다.

'천변 작은집의 문학을 꿈꾸는 소녀!'

이런 감상적인 분위기 속에서도 누님의 인생은 치열한 도전과 열정의 궤적을 그려왔다. 한나라당 경기도당 여성부장, 경기도의회의원, 경기도 여성정책국장, 수원시의회의원, 전국주부교실 경기도지부회장……. 누님의 도전은 끝이 보이지 않는다.

이제 내년이면 칠순을 맞는 문학소녀. 이 반듯하고 도전적인 '칠순 문학소녀'는 과연 어떤 꿈의 나래를 또 펴실까.

# 부드러운 카리스마와 추진력

손철옥_ 경기도소비자정보센터 교육팀장

"소비자 문제는 민(民)과 관(官)이 힘을 합치고 호흡을 맞춰야 결실을 맺을 수 있습니다."

전국주부교실 경기도지부 박명자 회장은 경기도내 최대 규모의 소비자 단체를 이끌고 있는 소비자 문제 전문가다. 경기도민의 소비자 권익을 증진하는 데 있어 경기도와 함께 굳건히 한 축을 담당하는 분이다. 경기도내 31개 시·군 지회와 3만 명이 넘는 회원의 리더로 소비자의 능력 향상과 피해 구제를 위해 앞장서고 있다.

지난 해 4월 어느 날, 경기도청에서는 '착한가격업소 이용 활성화를 위한 결의대회'를 준비하고 있었다. 가는 날이 장날이라 했던가. 제법 많은 봄비가 내려 모두 행사 진행을 걱정하고 있었다. 2백 명이 넘는 자리를 준비했건만 폭우가 내려 과연 몇 명이나 참석할지 애간장을 태우고 있었다.

하지만 그런 걱정은 행사 시간이 다가오자 한순간에 사라졌다. 박명자 회장과 도내 주부교실 회원 200여 명이 구름처럼 몰려와 자리를 꽉 채운 것이다.

"우리 주부교실이 경기도를 도와야지, 누가 돕겠어요?"

소비자 행정을 담당하는 실무자로서 박명자 회장의 한마

디는 감동 그 자체였다.

박명자 회장은 부드럽지만 강한 카리스마를 지닌 분이다. 본인의 생각을 상대방에게 강요하지 않는다. 담당자건, 회원이건, 사업자건, 소비자건 모든 이의 의견에 귀를 기울인다.

하지만 한번 결정한 것은 흔들림 없이 밀어붙인다. 시도해보지도 않고 "예전에 그랬으니까, 남들도 그러던데……." 이런 사고는 적어도 그에게는 통하지 않는다.

젊은 누님, 박명자 회장님! 그는 이제 70대를 바라보지만 본인을 할머니라 노인이라 여기지 않는다.

얼마 전 행사장에서 만난 그는 "사회를 위해 자신의 역할을 하는 남자, 상대방을 존중할 줄 아는 남자에게라면, '회장님'보다는 '누님'으로 기억되고 싶다"고 해서 호칭을 다시 생각해보게 했다.

과연 난 그 분을 누님이라 부를 자격이 있을까. 어머니, 아내 빼고 나에게 미남이라고 해준 유일한 분인데……. 그러자면 내게 주어진 역할이 무엇인지 다시 한 번 생각하고, 좀 더 겸손한 마음가짐을 되새겨야겠다.

그 분에게 더 떳떳한 남동생이 되어 "누님"이라고 자신 있게 부를 날을 기대해본다.

# 내가 만난 박명자 회장

신계용_ 경기도의회 7대 의원

살면서 가장 중요하고도 어려운 것이 사람과의 관계구나 하는 생각이 나이가 들면서 점점 더해 갑니다. 사람과의 관계 여하에 따라 그 사람의 사회적 성공 여부도 판가름될 수 있을 정도이니까요.

사람과의 상호적 관계가 부정적이면 아예 모르는 사람과의 관계보다 더 좋지 않은 결과를 초래할 수도 있을 것입니다. '아는 사람이 더 무섭다' 하는 얘기도 그런 차원일 것입니다.

그렇기 때문에 사람과의 관계는 상호간 신뢰가 밑바탕이 되어야 흔들림 없이 유지될 수 있을 것입니다. 사람은 환경적 존재이기도 하지만, 환경이 어떠하든 간에 사람에 대한 기본적인 믿음이 중요하니까요.

제 기억이 맞다면, 박명자 의원과 저는 당시 신한국당의 중앙당 당료와 경기도당 당료의 관계로 1995년경 첫 인연을 맺었습니다.

첫인상은 수많은 지역 인사들과 끈끈한 네트워크를 자랑하고 있는 박명자 의원이 대단해 보였다는 것입니다. 또한 아담해 보이는 체구이지만, 똑 부러지는 말투로 보아 깐깐

(?)할 수도 있겠다 싶었습니다.

그런데 지금까지 박 의원이 지역에서 수많은 인적 네트워크를 유지하는 비결은 사람과의 신뢰를 중요시하면서, 오랜 기간 작은 인연도 소중히 여기는 따뜻한 가슴 덕분이라는 것을 알았습니다.

또 정확하게 일을 추진하고, 꼼꼼하게 일을 챙기는 것도 큰 힘이 된다고 보였습니다. 모두 박 의원의 오랜 현장 경험에서 오는 지혜 덕분일 것입니다.

박명자 의원은 도당 당료 경험을 바탕으로 경기도의원과 수원시의원 등 여성 정치인으로 거듭 새로운 변신을 합니다. 여성 정치인의 수가 적었던 시절에 남성 정치인들과 대등하게 여성 정치인이 된 박 의원은 여성의 사회·경제적 지위 고양과 권익 향상에 힘썼습니다. 더욱이 도와 시를 넘나들면서 지방의원 활동을 했다는 것은 의원님이 갖고 있는 인적 네트워크가 얼마나 풍요롭고 튼실한 것인지 보여주는 대목이기도 합니다.

제가 경기도의원을 하면서 다시 만난 박 의원은 당시 수원시의원이었는데, 지방 여성 의원들끼리의 정보 교류와 단결이 중요하다는 데 공감대를 이뤄 경기도지방여성의원협의회를 만들기도 했습니다.

경험이나 경륜 면에서 보면 박 의원께서 협의회 회장을 맡아도 부족함이 없을 정도였습니다. 그런데 박 의원은 조직과 조정 능력, 양보와 배려심으로 협의회가 잡음 없이 탄생할 수 있는 기반이 되어 주었습니다.

이제 박명자 의원께서 책을 출간한다고 하니 새로운 용기에 박수를 보냅니다.

쉬지 않고 끊임없이 정진하는 의원님의 모습은 후배들에게 본받을 만한 귀감이 될 것입니다. 현실에 안주하지 않고 무언가 계속해서 일을 도모하는 에너지와 열정에 큰 박수를 보냅니다.

# 당찬 여성, 당찬 의정

신현태_ 14대 국회의원

중소기업을 경영하며 기업 발전의 각종 애로사항을 해결하고, 우리나라 중소기업들이 직면하고 있는 각종 기업 규제를 풀어보고자 정치에 입문하기 위해 신한국당 경기도지부에 첫발을 디디며 만난 분이 당시 신한국당 경기도지부 사무부처장 겸 여성국장이던 박명자 의원으로 기억된다. 상냥한 미소로 나를 반갑게 맞이해주며 입당원서를 내밀며 입당을 축하해주던 모습이 새로이 느껴진다.

그 후로 박 의원과는 경기도의회의 제5대 동료 의원으로서 함께 일하며 그의 성실함과 업무 장악 능력, 논리 정연한 언변으로 보건환경 분야의 의정활동을 열정적으로 펼치는 모습을 대할 수 있었다.

의회에서 여·야의 날선 공방이 있을 때는 언제나 앞장서 투쟁하는 기개가 돋보이는 의협심 강한 여성 정치인이라 느끼면서 늘 존경하며 함께 경기도의 발전을 위해 노력해 왔다.

지금도 박 의원과는 한 달에 한두 번 꼭 얼굴을 마주하며 지역 발전을 위한 서로 다른 분야에서의 활동한 내역을 이야기하며 지내고 있다. 경기도 의정회 발전을 위해 많은 지원과 격려는 물론 의정회 소식지 〈의정회보〉 편집위원으로 바쁜 시간을 쪼개어 좋은 회보를 발행할 수 있도록 도와주신 것도 감사하다.

박 의원은 우리 경기도의 여성계 리더로 활동이 많다. 그의 경력이 말해주듯 경기도 여성정책국장으로 여성 권익 향상에 앞장서서 일하고, 젊은 청소년을 위해 한국걸스카우트 경기연맹 사무국장, 한국보이스카우트 경기연맹 이사로 활동했다.

현재는 전국주부교실 경기도지부 회장으로서 여성 파워 향상에 늘 선봉에 서서 활동하므로, 오늘의 여권 신장이 이루어낸 소리 없는 여권운동 전도사가 아닌가 생각된다. 박 의원의 인생 여정이 젊은 세대의 멘토가 되기를 바란다.

# 만년 소녀 명자 누님

우호태_ 전 화성시장

만년 소녀 명자 누님!

어색합니까? 어떻게 호칭할까 생각해봤어요. 의원님? 회장님? 선생님? 아무래도 제가 촌놈이기도 하고, 누이 없는 형제들 틈에 생활한 까닭으로 누님이라 부르는 것이 좋겠다 싶어요. 그간 뵐 때마다 버무려진 소회(素懷)를 풀어보렵니다.

지금 오산시에 위치한 독산성(세마대) 둘레길에 앉아 유려한 황구지천을 바라보고 있어요. 하천 양옆의 도로에 운행하는 자동차들이 마치 물웅덩이 방개들처럼 보이네요. 어수선한 생각을 정리하느라 이곳에 올라왔는데 눈길이 물길을 좇다보니, 저 멀리 누이 모교의 자주색 옷과 가방이 상징인 수원여고가 위치한 팔달산이 보이고 지인들과 자주 다니시는 광교산도 보이네요.

누님! 사람은 자기 눈으로 세상을 본다지요. 누이를 보면 연상되는 정감을 양산봉 산자락에 스케치해 봅니다.

"아빠하고 나하고 만든 꽃밭에 채송화와 봉숭아"가 생각나고, "그 언젠가 꽃다발을 전해주던 (……) 단발머리 그 소녀"가 뛰어가고, "여고 시절 (……) 정들었던 자주색 가방" 들고 길을 가며 단어를 암기하는 여고생, 그렇게 맑은 샘물처럼 청초하셨을 학창생활을 밑그림으로 구상해 봅니다.

"거울 앞에 앉은 내 누님 같은……." "생각이 난다 홍시가 열리면 (……) 울 엄마가 생각이 난다."

맴매해야지 어르시며 한 세월 담아내신 그윽한 물길의 고운 물감이 산을 감아 돕니다.

"○○국장님, 서울특별시보다 인구가 많이 거주하는 경기도의 보건지표는 무엇이지요?"

"○○시장님, 경기도의 수부도시이며 인구 100만이 넘는 수원시의 정체성을 무엇인가요?"

의사당을 울리는 또렷한 목소리가 떠오릅니다. 그 소리에 담긴 지혜와 냉철함은 높고 높은 파란 가을 하늘이었지요.

누님! 며칠 전 의정회 모임에서 뵈니 시간을 여여하게 보내시는 듯 보여 편안하였습니다. 나이 70이면 종심(從心)이라 하였습니다. 마음 가는 대로 행하면 걸림이 없다는 뜻이라지요. 사통팔달(四通八達), 구름에 달이 가듯 주변 범사에 관(觀)하고 계신 듯합니다.

시간을 내어 화성 둘레길을 함께 걸어보지 않으시렵니까?

팔달문 방면에서 올라 서장대를 거쳐 방화수류정까지 걸으면 한 시간 여 걸릴 듯싶습니다. 천변 가까이 골목에 옛 정취 느낄 수 있게 양재기로 막걸리를 마시는 음식점이 있더군요. 맛이 일품이에요 지천명 50줄에 들어섰지만 세상살이에 많이 서투릅니다. 푸념 한 번 들어주시구요. 막걸리는 제가 쏘겠습니다.

봄이 사람을 부르나 봅니다. 젊은 부부들이 아이들과 성곽 둘레길을 걷고 있네요. 물 오른 들판의 경관이 산뜻합니다. 누님의 고운 미소가 양산 봉우리 넘어 흰 구름입니다.

늘 고마움에 두 손 모읍니다. 건강하시구요.

# 내가 아는 박명자 왕언니

이금숙_ 들국화 모임 회원

전국주부교실 경기도지부장 박명자. 우리가 아는 박명자 씨의 현재 직함이다. 그런데 아이러니하게도 우리는 그녀를 언니, 아니면 왕언니로 부른다. 그렇게 부르기까지는 45년의 긴 세월이 우리에게 있었다. 그럼, 45년 전으로 가볼까?

1968년 겨울, 수원여고 선후배들로 구성된 여성 모임이 발족되었다. 물론 왕언니를 중심으로 말이다. 우리 모임의 취지는 지역사회의 일원으로 이 지역사회에 무언가 보탬이 되는 일을 해보자는 것이었다. 동기도 취지도 매우 진취적이고 고무적이었다. 같은 생각을 가진 제법 생각이 올곧은 선후배 30여 명이 모였다. 우리는 매월 한 번씩 모여 정말 아름다운 생각들을 쏟아내며 우리가 수원을 변화시킬 여성 리더라도 된 양 열심이었다.

'들국화 모임.' 먼저 우리 모임의 이름을 짓는 것에서부터 생각이 남달랐다. 들국화 모임이라 함은 모양도 색깔도 크기도 보잘 것 없이 스산한 가을날 들녘에 핀 꽃이지만, 생명력이 강해 가꾸는 이 없어도 해마다 그곳에 다시 피어나고 어우러져 바람에 나풀나풀 흔들리는 그 자태는 예쁘다기보다 아름다움이 있었기에 그렇게 하기로 했다. 모두 찬성했다.

그렇게 해서 생긴 들국화 모임은 정말 지역사회를 위해 나름 아름다운 추억들을 하나씩 쌓아갔다. 서울대 농대 학생들이 운영하는 야학에 제법 많은 도서를 기증했고, 수원 10전투비행단 사병식당에 그 시대 최고로 큰 미닫이형(?) TV를 사서 기증했다. 물론 그때는 개인집에도 TV가 없던 시절이었다. 그 외 자질구레한 일들을 어찌 다 기록하랴. 이 모든 일들이 봉사의 손길을 모아 벌어들인 돈으로 해결했다. 그때 왕언니의 활약을 다 말하기에는 지면이 좁다.

암튼 이렇게 된 인연으로 들국화 모임의 명맥이 지금까지 이어온 것은 왕언니 덕분이다. 많은 회원들이 결혼과 함께 타지로 갔고, 때론 먼저 하늘나라로 간 후배도 있다. 이제 일곱 명이 끈끈한 형제의 정으로 뭉쳐 그 명맥을 이어오고 있다.

박명자 언니의 화려한 경력을 잠깐 소개할까 한다.

3대에 걸친 여당 경기도당 여성부장, 도의회의원, 경기도여성정책국장, 시의회의원 그리고 주부교실 회장까지. 그 외 크고 작게 맡은 많은 부수적인 직함을 어찌 다 열거하랴. 그런 많은 직함을 가지고 있으면서도 얼마나 올곧은지. 오랜 세월 함께 해온 친형제 같은 우리들에게 법인카드로 밥 한 번 안 사준, 어찌 보면 야박하지만 이 시대 본받아야 할 어른이다.

지난해 봄에는 이런 일도 있었다. 주부교실 경기도지부 산하 시·군지회 회장단을 모시고 허브아일랜드로 1박 2일 친목 모임을 떠난 적이 있었다. 물론 우리들은 거기 해당되는 사항이 아니었다. 주부교실 회원이기는 했지만 실지로 앞서 일하는 시·군 지회장과는 격이 달랐다. 그런데 왕언니한테서 허브아일랜드에 갈 일정이 있는데 함께 가겠느냐는 전갈이 왔다. 우리들은 좋아라 이구동성 가겠다고 했다.

당연히 함께 떠나는 것으로 생각했다. 그러나 언니의 대답은 전혀 아니었다. "너희들이 시·군지회 지회장이냐?"라는 것이었다. 너희끼리 차를 가지고 가서 너희끼리 밥 사먹고 너희끼리 잠자는데, 한 가지 혜택은 주부교실 이름으로 숙소 비용을 할인받을 수 있다는 것이다.

오호~! 그러면 그렇지. 우리가 왕언니를 몰랐던가? 언제나 공과 사가 분명했던 언니를 잠시 깜빡한 우리가 바보지. 호호호! 우린 한참 웃었다. 그렇지만 왕언니가 서운하지도 밉지도 않다. 그냥 그런 왕언니를 사랑하고 존경한다.

우리 사이를 아는 몇몇 사람은 우리들이 모여 언니, 동생 하며 지내는 모습이 너무 좋아 보인다고 들국화 모임에 들어오기를 소원하는 사람들도 있었다. 제법 이름 있는 내과의사 선생님, 미술치료 원장님 등. 그래도 그들이 우리와 합세

하지 못하는 데는 아마도 45년 긴 세월의 벽을 헐고 들어오기가 쉽지 않았기 때문이리라.

이렇게 아름다운 모임을 사람들은 많이 부러워한다. 또 우리는 그런 자부심으로 지금도 모여 언니, 동생 하며 깔깔 웃는다. 하지만 오늘이 있기까지 거저 된 것은 하나도 없다. 해체될 위기는 있었지만 그럴 때마다 왕언니가 큰 버팀목이 되어 주었다.

내가 아는 박명자는 한마디로 똑 소리 나는 여성 지도자다. 우리 여섯 동생들은 언제나 그런 언니가 자랑스럽다. 언니가 우리와 함께 있다는 것만으로도 어깨가 으쓱하다. 자부심이 있다. 이 글을 쓰면서도 입가에 미소가 번진다.

별안간 언니가 보고 싶다. 전화라도 해야겠다.

왕언니 파이팅!!

## 똑 부러지는 성격과 일솜씨

이금자_ 경기여성단체협의회 회장

박명자 회장을 여리여리한 몸매로, 새침한 모습으로 80년대 초 걸스카우트 사무국장으로 있을 때 처음 만나 인연을 이어온 지 어느덧 30여 년의 세월이 흘렀습니다.

여성들의 사회 참여와 정치 참여가 거의 전무한 상황에서 여성들이 발전해야 나라가 발전한다는 사명감을 갖고 걸스카우트에서 작은 몸을 갖고 이리저리 뛰어나며 각종 사업을 추진했던 모습이 생생합니다.

그러다 정치에 뜻을 품고 정치에 입문하기 위해 정당에 들어가서 정당생활을 하면서 그 누구보다 열정을 갖고 밤낮으로 열심히 활동했습니다.

정당에서 공을 인정받아 한나라당 여성부장으로 승진하고, 여성 정치인들을 육성하기 위한 여성정치아카데미, 공청회 등을 추진하여 정치인으로서의 마음가짐과 행동을 갖고 소신 있게 일을 하였습니다. 그리고 1998년 7월 경기도의회 5대 의원으로 입성해 의원직도 훌륭히 수행해냈습니다. 임기가 끝난 후 2002년 10월, 손학규 경기도지사께서 경기도 여성정책국장직을 박명자 회장께 맡겼지요. 그때 박 회장을 옆에서 더 가까이 느낄 수 있었습니다.

박명자 회장은 매사에 똑 부러지는 성격으로 바른 말을 많이 하는 편입니다. 너무 솔직하여 오히려 옆에 사람이 당황할 때도 있었지만, 마음속 깊은 곳에서는 언제나 소녀 같은 감성이 자리하고 있기도 한 여성입니다.

도의원으로, 여성국장으로 직무를 수행한 후 2006년 7월에는 수원시의회 8대 의원으로 기초자치구의 살림을 맡아 지역주민들의 귀와 눈과 손발이 되었습니다. 솔선수범하며 일한 공을 인정받아 2010년에는 수원시여성상 양성 평등 및 여성의 권익 증진 부문 수상하기도 하였습니다.

박명자 회장은 한겨울 몰아치는 매서운 칼바람처럼 단호할 때가 있는가 하면, 봄 향기 물씬 나는 봄꽃처럼 여린 면도 있습니다. 또 드라마를 보면서 눈물을 흘리고, 60세가 넘은 것을 아쉬워하고 우울해하던 평범한 여성의 모습도 갖고 있는 분이지요.

가는 세월 막을 장사가 없다고 하지만 박명자 회장은 중·장년의 시기에 쉼 없이 본인이 꾸었던 꿈을 이루어낸 성공한 여성이라고 자랑할 수 있습니다.

앞으로도 후배 여성들에게 귀감이 되고, 모범이 되는 정치인이자 단체장으로 맡은 바 자리를 잘 지켜주기를 바랍니다.

박명자 회장, 사랑합니다.

# 차분하고 섬세한 리더십

이인제_ 6선 국회의원, 전 경기도지사

박명자 전 의원과 인연을 맺은 지 벌써 18년의 시간이 흘렀습니다. 처음 만난 날 박 전 의원의 여성스럽고 선한 모습이 아직도 생생한데 시간은 참으로 빨리 지나가나 봅니다.

1995년 실시된 제1기 동시 지방자치선거에 경기도지사 후보로 나선 저에게 당시 신한국당 경기도지부 여성부장인 박 전 의원은 가장 든든한 지원군이었습니다.

부드럽고 차분한 말투, 너무도 여성스러운 태도를 지녔지만, 맡은 일만큼은 누구보다도 강단 있고 확실하게 추진하고 완벽하게 완성해 나가는 모습이 참으로 인상적이었습니다. 박 전 의원의 도움으로 선거에서 큰 승리를 이끌어낼 수 있었음은 물론이고, 함께 했던 선거과정 역시 참으로 소중한 기억으로 남아 있습니다.

우리나라의 정치 발전을 위해 풀뿌리 민주주의의 역할이 중요하다고 모두 말합니다. 여러 분야에서 풍부한 경험을 쌓은 유능한 인재들이 지역 발전과 국가를 위한 확실한 비전을 갖고 정당과 지방의회 등에서 열심히 주민을 위해 봉사하고 끊임없이 노력해야 할 것입니다.

박명자 전 의원이 그간 이러한 역할을 훌륭히 해왔다고 생각합니다. 여성 특유의 차분하면서도 섬세한 리더십을 갖췄음은 물론이고, 정당 민주주의의 발전과 지역 주민 이익을 대변하기 위해 쉼 없이 발로 뛰는 현장에서의 노력을 아끼지 않은 박 전 의원에게 진심으로 존경과 격려의 박수를 보냅니다.

그동안 맺은 소중한 인연을 더욱 크고 의미 있게 가꿔나갈 수 있기를 바라며, 모두 건강하시고 항상 꿈과 사랑이 가득한 행복한 시간을 기원합니다.

# 안 보면 보고 싶은 사람

이지현_ 녹색복지 회장

박명자, 그 분을 뭐라고 불러야 할지? 새누리당의 전신인 신한국당 경기도지부 여성부장에 사무처 부처장까지 지냈으니 말이다. 그런가 하면 경기도 여성정책국장을 지냈고, 경기도의회 의원과 수원시의회 의원도 역임했다.

다양한 공직 캐리어다. '박 부장님, 박 부처장님, 박 국장님, 박 의원님'이라고 해도 될 성싶다. 요직을 이만큼 싹쓸이한 여성도 드물다. 관운이 좋았다고, 조금은 시샘하는 투로 말하는 이도 있지만 어쨌든 본인의 실력이다.

그러나 나는 박 선배라고 부르고자 한다. 사회 선배로 대하기 때문이다. 내가 박 선배를 처음 만난 것은 1997년 4월이다. 그러니까 16년 전이다. 당시 황산성 변호사가 중앙회장이던 사단법인 언론구제협회 경기도회 부회장을 하던 때였다. 그 무렵 쓰레기 소각장이 혐오시설로 인식되어 사회 문제화되었다. 그때 경기도에서는 이 문제를 주제로 글을 공모했는데, 요행이 응모한 글이 당선되어 일본의 요코하마를 8박 9일 일정으로 견학하는 기회를 갖게 되었다.

경기도와 자매도시 관계였던 요코하마는 쓰레기 소각장의 모범시설을 갖춰 견학할 수 있도록 도에서 부상으로 보낸 것이다. 그래서 인사차 신한국당 경기도지부 영화동 당사에 들른 것이 박 선배를 처음 만나게 된 계기다.

인상 깊었던 것은 사무실에 가득했던 박 선배의 승진 축하 화분이다. 여성부장 자리에서 여성부장 겸 부처장으로 승진한 무렵이었던 것이다. 그는 일본 견학을 가는 것을 부러워했고, 나는 박 선배의 입지를 부러워하는 덕담을 나눈 것으로 기억한다. 그 후 얼마 안 되어 또 당사를 들를 일이 있었다. 당사 5층에서 바자회가 있었던 것이다. 이인제 경기도지사 부인 김은숙 여사를 수행했던 나는 박 선배가 흰 장갑과 가위를 챙겨주는 친절로 테이프 커팅을 했는데, 그것이 더 가까워진 계기가 됐다.

차츰 허물없는 사이가 되어 찜질방에 같이 가는 등 가끔 만나는 사이로 발전하여 오늘에 이르렀다. 하지만 만나면 서로가 단소리보다 쓴소리를 많이 한다. 그래도 한참 동안 소식이 없으면 궁금할 만큼 좋은 것은 박 선배나 나나 악의가 없기 때문이다. 상대하는 데 서로 부담이 없어 편한 것이다.

논어에 화이부동(和而不同)이란 말이 있다. 사이는 좋으나 같진 않다는 뜻으로, 바꾸어 말하면 생각이 같지 않아도 화목하라는 뜻이다. 포용력을 의미하기도 한다. 그렇다고 박 선배와 나 사이에서 거창하게 포용력을 들먹일 것까지는 없지만, 서로의 생각이 다른 점이 많은 것은 사실이다. 화이부동인 것이다. 하지만 화이부동이 쉬운 게 아니라 생각이 다른 사람끼리 친하기가 어려운 것이다. 박 선배가 그래서 나에게 존귀하다. 벌써 칠순이라니 세월의 무상함을 실감한다. 성공한 지역사회 여성의 한 분으로 젊은 후배 배출에 기여하는 예쁜 만년이 될 것이다. 기대합니다!

# 영원한 '미스 박'

임병호_ 시인, 경기일보 논설위원

1960년대 중반 수원시 교동, 수원향교 홍살문 맞은편에 자리 잡은 수원문화원에 가면 사무국 직원 '미스 박'이 내방객들을 맞았다. 용모 단정한 미스 박은 언제나 웃는 얼굴로 업무를 처리해 문화원을 찾는 사람들을 기쁘게 해줬다. 지금은 더 많은 문화예술사업을 하고 있지만, 당시도 수원문화원은 문화예술단체들의 요람이었다. 그때 미스 박은 상냥하고 친절한 안내자였다.

세월이 흘러 시작(詩作)을 하며 여러 단체에서 근무하던 '미스 박, 朴明子'가 수필가로 한국문단에 데뷔하였다. 「겉모습 지우기」라는 작품으로 등단한 그는 여러 지·지상(誌·紙上)에 적잖은 수필을 발표했다.

1995년 당시 경기일보는 문화면 〈우리 고장 예술인〉란에 그를 이렇게 소개했다.

"수필가 박명자 씨는 활동하는 여성상으로 유명하다. 한국걸스카우트 경기연맹 사무국장, 전국주부교실 경기도지부 총무를 역임한 그는 현재 민주자유당 경기도지부 여성부장으로 정당활동을 하면서도 내면으로는 문학의 꽃을 피우기에 여념이 없다.

1960년대 중반 수원문화원에서 근무한 적이 있었던 박명자 씨는 향토 문화예술 발전을 위한 밀알의 역할을 했었다. 우리나라의 문화예술이 거의 그러했듯 60년대의 수원 문화예술계 역시 당시에는 어딘가 좀 스산하고 사람들이 그리운 시절이었는데, 삐걱거리는 수원문화원 목조계단을 통해 올라가면 박명자 씨는 문화원 사무국에서 분주하게 일하고 있었다.

수원의 르네상스를 부르짖었던 대학생 중심의 '장원회'와 함께 한국사진협회, 미술협회, 음악협회, 문인협회 수원지부가 문화원 사무국을 연락처로 하여 태동하던 무렵이었다. 장원회의 활동이 확산되고 수원예총이 탄생할 무렵 문화원의 그 많은 일을 처리하던 그는 문화원 내의 도서들까지 관리하면서 문학에 심취해갔다.

청소년 지도자 생활과 여성단체 활동에 주력하다가 1994년 제4회 월간 〈문학예술〉 신인 수필 부문을 수상하면서 문단에 모습을 나타낸 박명자 씨의 작품은 상당한 호평을 받았다. 작품의 생명력은 풀리지 않는 의미의 결구력과 세련미다. 그의 수필은 자아를 대자화(對自化)하는 객관적 시각을 보여준다. 또 인생의 허무를 극복할 줄 아는 원숙성이 있어 신뢰와 설득력을 수반하는 설득력을 지녔다. 자기 고백적 문장이고 동시에 인생론적 심미안이나 비평안을 요구하는 수필문학의 길을 그는 묵묵히 걸어가고 있는 것이다.

수원에서 출생하여 신풍국교와 수원여중·고를 졸업한 박명자 씨는 수원대학교 행정대학원을 수료했는데, 지금 협성대학교 지역사회개발학과에 재학 중인 만학도이기도 하다.

청소년운동과 여성단체 그리고 문단과 정당생활에서의 경험을 살려 지역사회개발에 이바지하고 싶은 것이 수필가 박명자 씨의 꿈이다. 수원문인협회, 경기여류문학회원으로 활동하는 박명자 씨의 생활에서는 문학을 이루고 꿈을 실천하려는 의욕 때문에 휴일이 없다."

경기일보의 기사와 같이 박명자 씨는 정말 바쁘게 살았다. 그러한 그에게 지역사회는 쉴 틈을 주지 않았다. 경기도의회 도의원, 경기도 여성정책국장, 수원시의회 시의원, 전국주부교실 경기도지부 회장으로 봉직케 하였다.

그런데 청소년 여성운동가로, 고위공무원으로, 정치인으로 왕성하게 활동한 그가 이제 고희에 이르러 문인으로 돌아와 수필집을 출간한다는 반가운 소식을 전해왔다.

소녀같이 또랑또랑한 목소리는 수원문화원 사무국 직원 시절처럼 변하지 않았다. 그렇다. 필자는 물론 1960년대, 1970년대를 그와 함께 지내온 사람들은 박명자 씨를 영원한 '미스 박'으로 기억한다.

고향에 돌아온 도연명처럼 '귀거래사'를 쓰면서 행복하게 지내시기를 빈다.

## 여전히 친구는 당당하다

임성자_ 전 수원예절관 관장

창밖을 보니 하루 종일 질척이던 비가 이제야 그쳤나 보다. 웬 가을비가 요즘 시도 때도 없이 내린다.

가로수의 화려한 잎들이 보도 위에 뒹굴며 바람이 시샘하듯 관심 없는 사람들의 발길에 짓밟힌다. 울적한 마음은 여전한데 내 마음을 아는지 친구 명자가 가만히 다가와 "별 일 없으면 우리 집 갈래?" 한다.

종례시간이 끝나자 우리는 친구들이 부를까 봐 부지런히 갔다. 대문 소리에 친구 어머니 내 손을 반갑게 잡으며 맞아주신다. 감사한 마음으로 공손히 인사를 드린다. 동생들이 얼마나 반기는지 내 손을 붙들고 방으로 들어가며 귀에 대고 속삭인다.

"언니가 꼭 우리 언니 같다, 그치?"하며 서로 내 곁에 와서 그간의 얘기를 즐겁게 들려준다. 그 사이 어머니는 간식을 가져오신다. 나는 그저 송구함을 보이니 "그래서 잘 안 오냐?"며 오늘은 아예 저녁을 먹고 가라 하신다. 내가 시골에서 올라와 자취하니 안쓰러우신가 보다. "집에 가봐야 반찬도 별로 없을 텐데……." 하시니 동생들이 신이 나 더욱 성화다.

물론 집에 한 달 전부터 됫병으로 사다 먹는 왜간장 한 병뿐이라 이제는 간장 냄새는 맡고 싶지도 않다. 그렇지만 그 시절 시골에서 난 학교 다니는 것만도 부모님께 감사하고 죄송하기만 했다. 계집애 높은 학교 보낸다고 외삼촌들은 누이 동생 고생시킨다고 야단이었다. 어머니께서 농사일 틈틈이 조개 잡아 학비에 보태는 게 너무 속상했던 것이다. 그래서 난 늘 어머니께 죄인이었다.

50여 년 전 농촌은 참으로 가난했다. 보릿고개를 면치 못하는데 내게 늘 쌀을 보내주시는 것이다. 그럴 땐 학교 뒷산에 올라가 혼자 하늘을 쳐다보며, 이 다음에 커서 좋은 사람 되겠다고 혼자 자신을 위로하기도 했다.

그런 입장이었으니 반가워해 주는 친구 어머니께 항상 고맙고 더없는 마음이었지만, 그럴수록 감사함만 받자고 생각했다. 폐를 끼쳐 드리는 것은 오히려 그 분의 호의가 상할까 두렵기도 했다.

친구는 벌써 나갔는지 마루에 책가방 팽개치고 밖으로 나갔다. 물론 나는 친구가 식구들 몰래 나갈 줄 알고 있었다. 친구 집은 팔달문 큰길 옆에 살았는데, 그 시절에는 팔달문

계단에 올라가도 야단을 맞지 않았다. 남학생 서너 명이 계단에 앉아 휘파람을 살짝 불더니 "명자야, 기다릴게!" 하는 소리를 못 들은 척했다.

명자 그 친구는 그제나 이제나 인기가 많았다. 특히 남학생들한테 많은 사랑을 받았다. 물론 예쁘장한 그 모습을 친구 주위나 시내 남학교 학생들은 다 알고 있었다. 그때부터 입버릇처럼 못생긴 사람 싫다더니 결혼할 때 남편(현 국장)을 보니 역시 그랬다. "네 말대로 잘생긴 사람 만났네." 하니 정말 본인도 그렇게 생각한단다.

우리는 그런저런 과정을 거쳐 나는 관청으로, 명자는 정치로 나갔다. 같은 하늘 아래에서 과히 친하지 않은 것 같으면서도 여전히 만나고 있다. 속내를 얘기할 때는 내게 늘 먼저 의논하기도 하면서 내가 하라는 방향에 조금도 토를 달지 않고 항상 고맙다며 잘 받아들였다. 그럴 때마다 친구를 위해 기도해준다.

그가 참으로 잘되어 승승장구했다. 지난날 그의 어머니가 내게 베풀어주신 사랑 때문일까? 우리는 친구로 아니면 형제같이 여기까지 왔다. 가끔은 주위에서 깍쟁이라고 하지만, 그게 무슨 대수냐며 잘 되어준 것이 너무도 감사할 뿐이다.

하얀 교복 칼라를 늘 빳빳하게 하고 당당하게 다니던 여학생이 지금도 당당하게 잘된 모습 보기 좋고 고마울 뿐이다. 항상 좋은 모습이 앞으로도 건강히 영원하도록…….

# 박명자 회장이 가면 길이 보인다

임수복_ 연세대학교 행정대학원 초빙교수

박명자 회장은 수원여고 출신으로 나와는 수원에서 함께 자라온 동년배다. 가녀린 외모에 비해 탁월한 문장력으로 수많은 사람들에게 호소력 있는 글과 말로 사람을 사로잡는 매력을 지닌 사람으로 소문이 자자했다.

"그대는 여든일지라도 영원(永遠)한 청춘(靑春)의 소유자(所有者)일 것이다"로 끝나는 새뮤얼 울만의 시(「청춘」)처럼 박명자 회장은 씩씩하고 늠름한 의지력, 풍부한 상상력, 불타는 열정을 갖고 살아오신 분이다.

박명자 회장과 함께 선거를 치르면 그 선거는 백전백승으로 이끄는 놀라운 실력을 가지고 있는 선거의 여왕이다.

박명자 회장은 문학소녀 같은 면도 있다. 새누리당의 전신인 한나라당 경기도당 여성부장 시절 경기도지사 공관에서 그녀가 읊었던 선시 하나를 소개하고자 한다.

靑山兮要我以無語　청산은 나를 보고 말없이 살라하고
蒼空兮要我以無垢　창공은 나를 보고 티 없이 살라하네

–나옹선사, 「청산은 나를 보고」 중에서

당시 박명자 회장은 경기도 전역에 있는 많은 여성단체를 이끌며 한 사람 한 사람에게 깊은 애정으로 대하고 있었다. 그런데 경기도지사 공관에서 나옹선사 선시를 낭독하여 도의원과 수많은 사람들에게 깊은 감명을 주었던 것이다.

그 시절에도 박명자 회장이 가는 길에는 항상 길이 보였다. 그 이유는 박명자 회장의 탁월한 리더십이 돋보였기 때문이다.

경기도청 여성정책국장으로 여성정책을 위해 몸 바쳐 경기도 곳곳을 뛰어다닌 그녀가 어느덧 70세의 나이가 되었다. 세월이 유수같이 흘렀지만 그녀의 가슴속에 남아 있는 열정은 청춘 못지않다. 발라자르 그라시안은 『세상을 보는 지혜』에서 세월에 대하여 항시 인내심을 갖고 기다림을 배우라고 했다. "시간과 나는 또 다른 시간 그리고 또 다른 나와 겨루고 있다"는 위대한 말도 하였다.

세월의 흐름 속에서 박명자 회장은 부단한 노력으로 자기 변혁을 추구하여 왔다. 경기도의원으로 또 수원시의원으로 경기도와 수원시를 위해서 수많은 일들을 해결하고, 사람들과 이해가 상충하는 부분은 어김없이 박명자 회장이 해결하는 만능 해결사 역할을 유감없이 리더십을 발휘한 분이라고 자타가 공인하고 있다.

지금도 왕성한 활동을 하고 있는 박명자 회장은 전국주부교실 경기도지부 회장으로 있다. 이런 그녀를 보면 나는 여성운동의 대모이자 경기도의 여성정책을 꾸준하게 실천하는 슈퍼우먼이라고 말하고 싶다.

인생 70은 "종심소욕불유구(從心所慾不踰矩)라 한다." 공자가 스스로의 학문과 인격의 발전 과정을 나이에 따라 구분한 말 중에 70세에 해당되는 말이다. 70세가 되면 하고자 하는 바를 좇아 행동해도 법도를 넘지 않고, 편안히 행하고 노력하지 않아도 법도에 맞는 경지의 인격을 말한다. 내 마음 먹는 대로 행동하는 것이 바로 법이나 다름없다.

박명자 회장은 새뮤얼 울만의 시구처럼 '청춘'을 연상시키는 차밍과 모험을 우리 모두에게 보여주는 분이다. 정말 돈 주고도 살 수 없는 아까운 구원의 여인상이다.

# 온화하고 부드러운 마력

임용순_ 대한노인회 경기도연합회 자문위원

박명자 회장은 온화하고 부드러운 이미지와 상대방이 편안함을 느끼게 하는 마력을 갖고 있는 분이다. 반면에 한번 약속했거나 올곧게 결심한 일은 반드시 실행하는 모습을 지켜보면서 참 좋은 분이라고 생각했다. 그래서 난 박 회장과 가졌던 소중한 인연을 감사하게 생각하면서, 나도 말보다 행동으로 실천하는 사람이 되려고 노력 중이다.

박명자 회장을 처음으로 알게 된 때는 10여 년 전인 2003년도 7월 중순경 무더운 여름 오후였다. 그때 나는 35년간 젊음을 함께 한 공직에서 퇴직하여 약 5년간 외부활동을 자제하면서 아마추어 농사꾼으로 소일하며 퇴직한 친구들과 어울려 등산활동을 하고 있었다.

나의 단조로운 삶을 지켜보고 있던 아주 가까운 친구로부터 도 단위 노인단체 사무처장으로 취업하여 사회봉사활동을 해보지 않겠느냐는 권유를 받았다. 내가 늘 사회봉사를 선망하던 터라 희망한다는 의사를 응답한 지 2일 만에 (사)대한노인회 경기도연합회 사무처장으로 발령을 받았다.

인사차 경기도청을 방문했을 때 박명자 회장은 도청에서 노인복지 업무를 총괄하는 경기도청 여성정책국장으로 재직 중이었다. 나를 발령한 임명권자인 소속 회장(당시 이존하 회장)께서 박명자 회장에 대한 이력을 상세하게 소개해주어 이미 머릿속에 숙지되어 있었다. 또 회장이 함께 하고 계셔서 안심은 됐지만, 박명자 회장이 처음부터 공무원으로 출발한 게 아니라 다소 긴장이 되기도 했었다. 모 정당 여성부장으로 활동하던 중 업무 수행 능력과 대민 관계 친화력이 탁월한 점이 높이 평가되어 1998년도 7월부터 2002년 6월 말까지 경기도의회 의원으로 활동한 후 같은 해 10월 1일자로 발탁된 분이라는 사실 때문이었다. 그러나 박명자 회장을 접견했을 때 우려했던 긴장감이 풀리면서 유머 넘치는 덕담으로 환대하던 순간을 지금도 잊을 수가 없다.

"임용순 처장님 취임을 진심으로 축하합니다. 존경하는 이존하 회장님과 홍승표 과장으로부터 아주 유능하고 훌륭하신 공직자였다고 들었습니다. 앞으로 경기도 노인과 노인단체의 권익 보호와 위상 정립을 위해서 열심히 일해주세요. 저도 적극 도와드리겠습니다."

이런 말씀 앞에 나 역시 박 국장의 기대에 부응하는 사람이 되겠다고 다짐했다. 내가 노인단체 사무처장으로 7년 여 동안 재임하면서 열심히 일할 수 있었던 이유도 박 회장의 응원 덕분이라고 생각하고 있다.

박명자 회장이 약 2년 3개월(2002. 10. 1~2004. 12. 31) 동안 경기도청 여성정책국장으로 재임하며 기여한 공적이 많다. 그 중에서 대표적인 사례 세 가지만 소개하여 이 글을 보는 분들이 재확인하는 참고자료가 되기를 희망한다.

첫 번째는 2004년도 노인단체 일반회계 도비보조금 예산을 대폭적으로 증액(1500만 원 〉 8500만 원)시킴으로써 중하위권이었던 도 단위 노인단체 위상이 전국 최우수 모범단체로 급성장하는 발판을 마련해준 것이다. 당시 이존하 노인단체 회장께서 2005년도 10월 2일 노인의 날 행사시 전국 550만 노인과 전국 13개 노인단체를 대표하여 정부로부터 자랑스러운 국민훈장 모란장을 수상하는 영광을 누리게 되었다. 박 회장이 공직에서 퇴직한 지 10여 년이 지난 지금까지도 전국 최우수 모범단체의 명예를 지켜나가는 전통을 세우고 있다.

두 번째는 기구 및 인력 증원이 매우 어려운 여건 속에서 경기도청 보건복지국 내에 신규로 노인복지과를 신설할 수 있도록 해준 것이다. 그뿐 아니라 부정기적으로 운영해오던 도지사 주최 양 기관 간담회를 분기별 또는 필요시에 개최하도록 정례화시킴으로써 당면한 문제 등을 분기별로 해결해 나가는 대회의장 창구를 제도화시킨 점도 높이 평가된다. 특히 박명자 회장은 자신을 경기도 여성정책국장으로 발탁해준 손학규 도지사께 고령화사회에 대비하여 노인 문제를 전담할 노인복지과 신설이 매우 시급하다는 정책 건의를 했다. 그 건의가 효시되어 마침내 2006년 2월 중에 전국 시·도 중에서는 세 번째(1위 대전광역시, 2위 서울특별시)로 경기도청 보건복지국 내에 노인복지과 기구를 신설하도록 기여했다. 그 공적은 경기도와 대한노인회 경기도연합회에 길이 빛나는 역사로 기록되고 있다.

세 번째는 박명자 회장은 말로만 하는 봉사가 아니라 자원봉사자의 역할과 책임을 행동으로 실천하고 있다는 점이다. 퇴직한 후에도 2005년 2월부터 현재까지 대한노인회 경기도연합회 자문위원회 수석부위원장직과 전국주부교실중앙회 경기도지부장으로 재직하며, 경기도 노인과 여성들의 권익신장과 복지 증진을 위하여 일선 현장에서 묵묵히 땀 흘리는 것이다. 자원봉사하는 박 회장의 모습을 보면서 힘내시라고 힘찬 격려의 박수를 보내드리고 싶다.

끝으로 박명자 회장의 문집 출간을 진심으로 축하드린다.

앞으로도 꽃보다 아름답고 건강한 열정으로 충만한 여생이 시길 두 손 모아 기원한다.

## 여성의 사회 참여에 앞장서 온 박명자 국장

정원주_ 협성대 아동보육학과 교수

사람은 누구나 사회생활을 통해 많은 사람을 만나고 인연을 맺는다. 내가 잠시 경기수원색동회 지회장을 맡았을 때, 동화구연대회의 지원을 받기 위해 경기도청을 방문한 적이 있었다.

경기도청에 지인이 없어 업무와 관련하여 박명자 여성정책국장을 우연히 찾아갔는데 친절하고 자세하게 상담해주었다. 경기도청에서 지원해줄 수 없는 상황을 설명하면서 경기문화재단에서 받을 수 있는 대안까지 제시해주는 것이다.

전에는 행정 공무원에 대하여 많은 불신감을 가지고 있었는데, 민원을 처리해주려고 열심히 노력하는 공무원도 있다는 것을 새삼 알게 되면서 박명자 국장을 존경하게 되었고, 그 뒤부터 지금까지 가깝게 인연을 맺어오고 있다.

여러 분야의 직책을 거쳤기 때문에 많은 호칭이 있지만, 나는 그때의 일을 잊지 못해 지금도 박명자 국장이라고 부르고 싶다.

박명자 국장은 여성에 대한 사회 인식을 바꾸는 일에 앞장서 온 분이다. 한나라당 도지부 사무처장, 경기도의원, 경기도 여성정책국장, 수원시의원, 전국주부교실 경기도지부 회장을 역임하면서 여성의 대변자로 일해왔다.

후배 여성 공무원들을 바라보는 그의 눈은 따뜻했다. 누구에게도 털어놓지 못했던 후배들의 고충을 들어주고 힘을 북돋아주었다. 그리고 사회를 위해 거침없이 일하라고 응원했다. 그들에게 항상 공부하라고 주문했고, 목표가 있어야 한다고 강조했으며, 자신만의 목표를 세우고 성실히 일하다 보면 꿈은 현실이 될 것이라고 늘 강조했다.

박명자 국장은 여성이 사회 진출을 하는 데 걸림돌이 되는 것을 해결하고자 노력한 분이다. 직장 여성에게 가장 문제가 되는 보육 문제를 해결하고자 어린이집 환경과 보육교사 처우 개선을 위해 시에 지속적으로 요구했고, 유치원에 대한 지원도 대폭 강화했다.

또 여성이 사회에 진출하기 위해서는 가정이 화목해야 된다고 늘 강조하였으며, 위기 가정 부부수련회, 다문화가족지원 프로그램 등 예산을 편성해 건강한 가족문화 조성에 앞장서 왔다. '일과 가정'이라는 두 마리 토끼를 모두 잡은 사람답게 버팀목이 되어준 가족에게 늘 감사하는 마음을 갖고 살아왔다.

박명자 국장은 소비자와 구매자의 가교적 역할을 열심히 해온 분이다. 전국주부교실경기도지부 회장을 수행하면서 회원들의 두터운 신임 속에 한 해에 2007건에 달하는 소비자 피해를 구제했다.

소비자정보센터가 만들어지기 전부터 활동을 시작해 상당한 노하우를 축적, 상담 인력 양성과 교육을 도맡아 해왔다. 특히 행정과 정치 모두를 섭렵했기 때문에 소비자와 구매자의 역할을 슬기롭게 운영해 왔고, 여성 지도자 경제 교육과 지역 경제 살리기 활동에 앞장서 왔다.

박명자 국장은 체구와 말투에서 여성스럽지만 업무를 추진할 때는 남성 못지않다. 왜소한 체구를 보면 약하게 보이지만 업무에 관해 조곤조곤 말하는 것을 보면 야무지기 이를 데 없고, 회의 진행하는 것을 보면 단호하고 과감하기 이를 데 없다.

'여성'이라는 단어만 생각하면 힘이 솟는다는 그녀! 이제는 후배들에게 자리를 양보하고 지역 내 훌륭한 여성 지도자를 키워내는 일에 몰두하면서 변화의 주역에서 여성 지도자들이 어떻게 하면 수평적 관계를 유지하여 여성 특유의 리더십으로 세상을 바꾸는 주역이 될 것인가를 늘 고민해왔다.

짧은 인연이지만 박명자 국장과 맺어온 인연을, 나는 정말로 소중하게 생각한다. 이 세상에 태어나서 한 목표를 가지고 꿋꿋하게 살아가는 사람이 몇이나 될까.

오로지 여성의 사회 참여와 복지 향상에 주력해온 여성의 대변자로 "누군가를 위해 일하는 것이 즐겁고 바쁜 것이 즐겁다"라는 그녀의 말은 이 시대를 살아가는 모든 이들, 특히 공직자들이 본받아야 할 명언이다. 머릿속으로만 생각하는 행정이 아니라 생각해온 것을 계속 고민하면서 그 해결책을 강구하기 위하여 꾸준히 연구하고 현장에서 실천해온 분이다.

박명자 국장과 맺어온 인연을 참으로 자랑스럽게 여기고 늘 건강하시길 진심으로 바란다. 앞으로도 새로운 목표를 세우고 보람된 삶을 의미 있게 펼쳐나가시길 바라는 마음 간절하다.

# 작은 거인 박명자

정홍자_ 경기도의회 6·7대 의원

"존경하는 의원님께서~."

박명자하면 가장 먼저 떠오르는 기억은 고운 목소리다. 차분하고 나지막한 것 같지만 약간 중고음의 고운 목소리는 그녀의 트렌드 마크다.

박명자 선배를 처음 만난 것은 경기도의원이었을 때이다. 벌써 10년이 넘었지만…….

박명자 선배가 여성국장으로 재임하던 시절에도 의회에서 자주 접했었다. 작은 체구에 당당한 기품 그리고 특유의 목소리는 강한 인상을 주었다.

경기도의회 의원을 지낸 선배는 정무와 행정을 겸비한 폭넓은 식견을 갖고 있었다. 경기도 여성정책을 총괄하는 국장으로 여성정책의 초석을 다지기 위해 수많은 어려움을 겪으면서도 소신을 굽히지 않았다. 특히 여성 정치인 발굴·양성을 위한 일이나 여성 인재 발굴, 보수·진보 성향의 여성단체를 망라한 폭넓은 네트워크, 여성의 대표성 확보를 위한 노력은 남달랐다.

박명자 선배는 오랜 정당생활에서 축적된 노하우를 여성 후배들을 위해 아낌없이 내놓았다. 여성 후배들의 정치 입문을 돕는 일이라면 인맥이든 조언이든 지금도 발 벗고 수고를 아끼지 않는다. 그녀의 삶 또한 여성의 권익과 위상을 위해서라면 자리의 높고 낮음을 가리지 않고 조용하지만 끈질기게 최선을 다하고 있다. 앞으로도 여성 노인들의 권익 신장을 위해 마지막 열정을 쏟아 헌신하리라는 기대는 빗나가지 않을 거라 확신한다. 그런 선배의 열정은 나의 나태함을 일깨우고 내게 늘 감동이었다.

박 선배의 인간적인 면은 나를 더 매료시키기에 충분했다.

그녀는 한마디로 따뜻하고 다정다감한 사람이다.

2007년의 일이다. 정당 일을 하다 선거법 위반으로 재판을 받고 있을 때였다. 억울한 심정에 정치에 대한 회의와 사람에 대한 회의가 극에 달해 있을 때 선배는 늘 내 곁을 지켜주었다. 혹여 기죽을까 싶어 작은 일에도 응원을 보내고, 내가 하고자 하는 일에는 늘 앞장서 함께 해주었다. 더욱 용기를 내도록 좋은 분들과 어울릴 수 있게 배려했던 고마운 마음은 지금도 잊을 수 없다.

박명자하면 많은 사람들이 부드러운 리더십을 떠올릴 거라 생각한다. '작은 체구에 어디서 저런 추진력이 나올까?' '지치지 않은 열정의 근원은 무엇일까?' 가끔 질문을 던져본다. 닮고 싶다. 박명자 선배는 여유롭고 조용하다. 그러면서도 많을 일들을 추진한다. 지금도 전국주부교실 경기도지부장을 맡아 여성운동과 사회운동에 앞장서고 있다. 있는 듯 없는 듯하지만 전국에서 제일 모범적이고 왕성한 활동을 하는 곳이 박명자 선배가 리드하는 경기도지부이다. 창의적 사업으로 여성의 사회 참여 폭을 꾸준히 넓히는 그녀의 식지 않은 열정에 찬사를 보낸다.

스웨덴·핀란드의 선진 여성정책을 벤치마킹하기 위해 함께 유럽 여행을 다녀온 적이 있다. 개성이 강한 20여 명의 일행과 긴 여정을 함께 하면서 뜻하지 않은 어려움에 직면했었다. 그때도 여전히 그녀는 나지막한 중고음의 목소리로 여유 있게 문제를 해결하는 모습을 보면서 이미 나는 그녀를 작은 거인이라 불렀다.

작은 거인 박명자 선배는 이 시대의 진정한 리더이다. 특별한 경험과 폭넓은 식견, 차분하고 조용한 성격에 부드러운 리더십을 겸비한 따뜻한 그녀. 닮고 싶은 박명자 선배는 존경하는 나의 멘토다.

# 솔선수범의 자세와 활동

주경순_ 전국주부교실중앙회 회장

세월의 흐름이 이다지도 빠른지 몰랐습니다. 항상 차분하고 모범생 소녀 같은 모습에서 나이라는 잣대를 잊고 있었는데, 언제 이렇게 70이라는 삶의 무게를 차곡차곡 쌓아오셨는지. 요즘은 숫자에 불과한 게 나이이긴 하지만요.

먼저 70년이라는 세월의 흔적을 모아 문집 출판을 하는 것을 진심으로 축하드립니다. 그동안 한 가정의 주부이면서 여성 정치인으로, 공무원으로, 여성단체장으로 열정적인 삶을 살아오신 기록들이 많은 여성에게 귀감이 되었으면 합니다.

사회활동을 했든 그렇지 않든 간에 지나온 세월을 글로 다시 한 번 되짚어보는 것은 쉽지 않은 일입니다. 그런데 용단을 내어 책을 발간하신 것은 뜻있는 일이라고 생각합니다.

대부분의 사람들은 지난날을 기록으로 남긴다는 것에 대해 특별한 사람만이 할 수 있는 일이고, 그 시도하는 것 자체에 부담을 갖게 됩니다. 하지만 그때 그 순간 느끼던 감동과 설렘, 희로애락(喜怒哀樂), 단상 등 기억의 편린들을 모아 한 권의 책으로 묶는다는 것은 중요한 일입니다. 꼭 책으로 만들지 않더라도 그 추억거리들을 모아 메모 형식으로나마 남기면서 이를 통해 내가 어떤 삶을 살아왔는지, 앞으로 어떻게 살아갈지에 대해 여유를 가지고 생각해 본다는 것은 우리의 삶을 더욱 윤택하게 만들어주지 않을까 싶습니다.

또한 이러한 개인의 삶의 기록들이 궁극에 가서는 우리 후손들에게 그때 어떤 생활을 해왔으며, 어떤 생각을 가졌는지에 대해 우리나라 역사의 한 부분을 보여주게 될 것이므로 매우 가치 있는 일이라고 생각합니다. 우리는 종종 과거 조상들이 남긴 글과 편지가 그 시대의 생활상을 엿볼 수 있는 아주 중요한 역사적 가치가 된다는 사실을 보아왔습니다.

박명자 회장이 전국주부교실회와 처음 인연을 맺은 것은 지금으로부터 40여 년 전인 1973년도입니다. 본회가 설립(1971년 12월 3일)된 지 불과 2년도 안 된 시점에서 경기도지부의 총무를 맡았고, 아직 조직이 온전히 갖춰진 상태가 아닌 열악한 환경에서 실무로 10여 년 동안 일을 했습니다. 당시 혼신의 힘을 다해 봉사단체로서의 입지 구축과 산하 지회조직 안정화에 힘쓴 결과 많은 진전을 낳았습니다.

그러다 본 회를 떠나 그동안 여성단체의 실무자로 쌓은 현장 경험을 바탕으로 경기도의회 의원, 수원시의회 의원이라는 여성 정치인으로 그리고 경기도 여성정책국장이라는 공직자로 여성의 지위 향상과 삶의 질 개선에 앞장서 왔습니다. 이러한 참여를 통해 경기도내 여성들의 권익을 많이 향상시켰고, 여성들의 사회 참여도 더욱 활발해졌다고 해도 과언이 아니라고 생각합니다.

마치 연어가 회귀 본능에 의해 다시 태어난 곳으로 돌아오듯 박명자 회장님도 다시 한 번 본회와 인연을 새롭게 맺었습니다. 2005년도에 다시 경기도지부의 부회장으로서, 2006년부터는 회장으로서 오늘날까지 본회의 중요한 인물이 되어 있습니다. 행정구역 단위별로 조직된 전국 16개 시·도지부, 232개 시·군·구 지회를 통해 30여 만 명의 회원들이 중심이 되어 전개하는 행복하고 건강한 사회 구현을 위한 봉사활동에 앞장서는 여성 지도자로 솔선수범의 자세로 임하고 계신 것입니다.

박명자 회장님은 늙지 않는 비결이 있나 봅니다. 바로 나보다 남을 먼저 생각하는 자원봉사자로서의 마음가짐으로 임하는 왕성한 사회활동에 그 비밀이 있는 듯합니다.

이제 70을 기점으로 더욱 더 아름다운 인생의 꽃을 피우시기 바랍니다. 그리고 많은 여성들에게 삶의 본보기가 되어주시고, 앞으로 본회 활동에도 지금과 같은 열정 그대로 기울여주시기를 바랍니다.

# 부드러운 열정의 리더십

최원주_ 최원주여성의원 원장

삶은 만남의 연속이다. 우리는 세상에 태어나는 순간부터 만남을 시작한다. 어떤 좋은 사람을 만나는가에 따라 복잡한 인간관계 속에서 실패하지 않고 살아갈 수 있는 것이라 생각한다. 좋은 사람을 만나기 위한 기본 원칙은 멋진 사람을 만나야 하는 것으로, 내가 본 박명자 회장은 항상 만남을 소중히 생각하는 분이다. 남을 늘 배려하며, 남에게 상처를 주지 않는 분으로 기쁨과 행복을 함께 나눌 수 있는 믿음이 있는 멋진 분이다.

박명자 현 전국주부교실 경기도지부장을 처음 만난 것은 2004년 경기여성정책포럼이 결성되었을 때이다. 여성부가 처음 생기고, 여성의 리더십을 개발·발굴하여 국가 정치 발전에 참여케 함으로써 깨끗한 정치, 도덕의 정치, 평등의 정치, 평화의 정치, 생활의 정치를 만들겠다는 목적으로 전국에서 처음 경기도에 여성정책포럼을 만들고자 했다. 그 당시 경기도 여성정책국장으로 재직 중이던 박명자 국장의 적극적인 후원으로 경기여성정책포럼이 탄생하게 되었던 것이다.

박명자 회장과는 2006년 수원시의회 8대 의원으로 재직 시 다시 만나게 되었다. 나를 정당활동을 하도록 잘 이끌어준 것은 물론 장안구 구민을 위한 정치의 현장에 항상 동참하게 하셨는데, 회장님은 열정이 있는 리더로서 여성의 힘을 보여주셨다. 어머니 같은 부드러운 리더십으로 지역 발전에 앞장서는 부지런하고 직관력이 있는 정치인의 모습이 생생히 남아 있다.

현 전국주부교실 경기도지부장 박명자 회장은 주부의 권익 증진을 위해 일할 뿐만 아니라, 대한노인회 경기도연합회 자문위원회 수석부위원장으로 초고령화 시대에 소외되기 쉬운 노인의 복지 증진에도 앞장서고 있다.

그 외에도 수원지방법원 조정위원, 경기도의정회 이사, 수원시의정회 이사, 경기도립의료원 이사, 경기농림진흥재단 이사 등 경기도 발전을 위해서라면 본인의 시간을 아끼지 않는 불굴의 정신을 보여준다.

또 만학으로 협성대학교를 졸업하고 경기도 사회유공자 표창·경기지방경찰청장 감사장·수원시여성상 수상으로 이어졌으며, 경기도지사 여성발전유공자부문 수상·기획재정부장관상 표창·아름다운 봉사상을 수상했으니, 이런 업적만 보더라도 가히 수원의 전설적인 인물이라 할 것이다.

박 회장께서 전설적인 삶을 살 수 있었던 것은 항상 묵묵히 기둥이 되어주신 부군 현영송 전 수원우체국장이 계셨기 때문이 아닐까 생각한다. 또한 원칙에 충실하여 다복한 가정을 이룬 것도 귀감이 된다. 이 모든 점을 보면 인생의 선배로 박 회장을 본받고 싶어진다.

# 우리들의 영원한 누나

하은호_ 행정학 박사

처음 누님을 만난 것은 1993년 봄으로 기억됩니다. 다소곳한 모습에 신사임당 같은 기품 있는 미모, 새삼 20년의 세월을 되새겨보니 많은 일들이 생각납니다.

무엇보다 누님은 지금까지 변함없이 꼭 필요한 곳에서 누구에게나 사랑과 정성으로 도움을 주고 봉사하는 향기가 있는 우리들의 영원한 누님이십니다.

박명자 회장님은 누이가 없는 내가 누님이라고 부르기를 좋아한 나에게 특별히 많은 관심과 격려와 사랑을 베풀어주셨지요. 그리고 지금도 변함없이 힘을 주시고 계시지요.

제가 본 우리의 영원한 누님은 어머니 같은 외유내강의 리더십과 사랑이 있었지요. 늘 이성적으로 인간관계를 형성하시기보다는 정감 있는 모습으로 인간관계를 만드시기 때문에 많은 지인들이 누님을 사랑하고 존경하며 함께하는 것이라고 생각됩니다. 본인 자신보다는 남을 먼저 생각하고 배려하는 마음이 몸에 배어 있기 때문입니다.

사회활동도 경기도 여성국장, 경기도의원, 수원시의원, 여성단체 회장 등등 많은 활동을 하셨지요. 그러면서도 어디 하나 소홀히 하는 것이 없고 완벽에 가깝게 처리하시는 모습은 모두에게 귀감이었습니다. 가정에서도 현모양처로 가정을 이끌어오셨으니, 그 작은 체구에 내공이 보통 분은 아닌 듯합니다. 당직자로 활동하던 모습을 생각하면 경기도지사 선거, 국회의원 선거를 승리하기 위해 열정적으로 뛰던 모습이 후배들에게 많은 것을 가르쳐주신 본보기입니다.

우리들의 영원한 누님의 고운 모습에 주름을 보면, 이것이 인생에 삶의 훈장인가 싶습니다. 인간의 얼굴에는 모든 것이 나타난다고 하는데 누님 얼굴에는 늘 편안함과 사랑이 배어 있으니, 인자한 모습이 누님의 성품이라고 느껴집니다.

우리들의 누님은 좋은 사람입니다. 돈이 많아서 좋다거나, 노래를 잘해서 좋다거나, 집안이 좋아서 좋다거나 그런 이유가 붙지 않는 그냥 좋은 사람이어서 우리들의 영원한 누님입니다. 이유가 붙어 좋아하는 사람은 그 사람에게서 이유가 없어지는 날, 그 이유가 어떠한 사정으로 인해 사라지게 되는 날, 얼마든지 그 사람을 떠날 가능성이 많은 사람입니다.

좋아하는 데 이유가 없는 사람이 가장 좋은 사람입니다. 우리들의 누님을 어디가 좋아서 좋아하느냐고 물었을 때, 딱히 한마디로 꼬집어 말할 수는 없습니다. 하지만 싫은 느낌이 없는 사람, 느낌이 좋은 사람, 향기 있는 사람, 그냥 좋은 사람입니다. 그냥 좋은 사람이 느낌이 좋은 사람입니다. 가장 좋은 사람이 바로 우리들의 영원한 누님, 당신입니다. 당신은 내게 영원한 우리들의 누님입니다.

# 열정과 도전으로 희망을 주는 사람

**홍승표**_ 전 용인시 부시장

수원은 고즈넉한 도시입니다. 도심 한가운데 나지막이 자리한 팔달산과 아름다운 곡선으로 연결된 수원화성과 네 개의 성문 그리고 행궁과 방화수류정, 버드나무 사이로 수원천이 흐르는 수원은 고풍스러운 도시입니다. 역사의 향기 가득한 문화의 도시이고, 정조의 효심이 서린 효의 도시이기도 하지요. 수원여고는 많은 인물을 배출한 수원을 대표하는 여성 교육의 요람입니다. 자주색 교복에 베레모, 수원여고생은 수원은 물론 인근 지역 남학생들의 로망이었습니다.

박명자 회장님은 수원이 고향이고, 그 수원여고를 나온 분입니다. 수원여고의 밴드부는 유명했지요. 그 밴드를 지휘하는 학생은 수원여고를 상징하는 마스코트이기도 했습니다. 하고 싶다고 해서 할 수 있는 자리가 아니라 여성으로써 모든 것을 갖춘 사람만이 할 수 있는 자리였지요. 회장님은 수원여고의 밴드 지휘자이자 학교를 대표하는 마스코트로 학창 시절을 지냈습니다.

그 분을 처음 만난 것은 11년 전, 경기도청 가정복지과장으로 일하던 때였습니다. 일찍이 정치계에 몸담아 한 정당의 도당 여성부장으로 일했고, 제5대 경기도의원으로 일했던 분이더군요. 아담한 체구에 초롱초롱한 눈망울과 나이보다 훨씬 젊어 보이는 동안(童顔)이 인상적이었습니다. 말 한마디 한마디에도 군더더기가 없었지요. 나름 당차고 강하게 전해오는 진정성이 느껴졌습니다. 빠른 시일에 업무를 파악하는 것을 보면서 기존 공무원보다도 열정적이라는 느낌을 갖게 되었지요. 의정활동을 통해 도정에 대한 이해도를 높였기 때문일 거라는 생각이 들었습니다.

예로부터 여성은 세 가지를 갖춰야 한다고 했습니다. 솜씨가 좋아야 하고, 말씨가 고와야 하고, 맵시가 빼어나야 한다는 말이 그것이지요. 박 회장님은 이 세 가지를 고루 갖춘 분입니다. 말 한마디 허투루 하는 법이 없고, 항상 단아하고 정갈한 맵시에 음식이나 옷 짓는 솜씨가 빼어나다는 말이지요. 천생 여자라는 말입니다. 업무처리가 깔끔한 것은 물론 도의원들과도 허물없이 소통하고 대처하는 능력이 탁월했지요. 유관기관, 사회단체, 민원인과도 격의 없이 원만한 관계를 유지하면서 마음을 열고 소통하며 협력했습니다.

오랜 당직생활과 정치인으로 쌓은 경험을 행정과 접목시키는 데 발군의 역량을 보여주셨지요. 순발력도 남달랐습니다. 경기도 보육인대회 현장에서 보육교사들의 사기 진작을 위해 도지사께 처우개선비를 건의해 관철시킨 것은 지금도 전설처럼 전해지고 있습니다. 예리한 판단력을 바탕으로 한 성과물이었지요. 이러한 열정으로 2년 3개월 동안 경기도 여성정책국장으로 일하는 것을 보며, 공직자는 물론 많은 도민들이 새로운 눈으로 그 분을 바라보았습니다. 지금도 정치인에서 행정가로 훌륭하게 변모한 좋은 사례로 평가받고 있습니다.

박 회장님은 일을 위해 태어난 분입니다. 일찍이 걸스카우트 경기연맹에서 오랫동안 일했고, 정당의 도지부에서 여성부장으로 일했으며, 도의회 의원으로 활동하다 경기도 여성의 수장인 여성정책국장으로 일했던 것이 이를 반증합니다.

여성정책국장 시절엔 수원여고 총동문회장으로도 활동했고, 그 후 수원시의회 의원, 수원여대평의원회 부의장, 협성대평의원회 의원을 거쳐 지금도 수원지방법원 조정위원, 경기농림진흥재단 이사, 전국주부교실 경기도지부장 등 다양한 분야에서 열정적으로 왕성하게 활동하고 있습니다.

이러한 활동이 좋은 평가를 받아 수원시여성상과 여성발전유공 도지사 표창, 아름다운 봉사상 등 많은 상과 감사장을 받았습니다. 소녀 같은 단아한 외모와 작은 체구에서 뿜어 나오는 강한 카리스마와 사심 없는 추진력이 이렇게 많은 일들을 해온 원동력이 되었다고 생각합니다.

공인의 덕목이 청빈(淸貧)이라지요. 연무동의 작은 주택에서 30년 넘도록 살아온 박 회장님은 청렴봉사의 상징으로 우리 모두에게 귀감이 되고 있습니다. 영원한 소녀, 봉사의 달인 박 회장님이 꿈꾸는 모든 일들이 뜻대로 이루어지기를 소망해 봅니다.

# '일과 가정'의 양립, 사회인으로 활동하는 진짜 주부

홍종수_ 7·8대 수원시의회 의원

여성의 한평생은 평범한 가정주부로서의 임무라고 생각하던 우리나라에서 사회 참여활동이 본격화되었던 것은 그리 오래되지 않았다. 주부로서 해야 할 역할이 적지 않거니와 많은 어려움이 있음에도 다른 한쪽, 이웃과 사회에 봉사한다는 것은 쉬운 일이 아니다.

한나라당(현 새누리당) 경기도당 여성부장, 경기도의회 의원, 경기도여성정책국장, 수원시의회 의원을 지냈고, 수원여고 13대 총동문회장, 경기도여성단체협의회 감사, 대한노인회 경기연합회자문위원회 부자문위원장, 경기도의료원 이사, 수원지방법원 조정위원, 경기도의정회 부회장, 전국주부교실경기도 회장 등 전·현직을 두루 맡아 봉사하는 박명자 회장을 눈여겨보게 되었다.

수원시의회 의원으로서 발의한 '수원시 여성장애인 출산지원금지급 조례안,' '수원시 노인일자리창출 및 지원 조례(안)' 등 여성 관련 조례 제정 및 여성의 권익 증진을 위해 노력한 점이 평가되어, 여성의 권익 신장, 지역사회 발전, 평등사회 구현에 이바지한 공로를 인정받아 제6회 수원시여성상 수상하였다.

"아이들과 남편 위해 할 일 다 하고 사회인으로 활동하는 것이 진짜 주부"라고 말하는 박명자 회장, 그의 조곤조곤한 말투에서도 소신 있게 열심히 하는 열정을 볼 수 있었다. 그런 열정과 노력은 제23회 경기도 주부의 날 기념식에서 여성 발전 유공자로 뽑혀 도지사상을 받게 했다.

"가족이 화목해야 모든 일이 평통하죠. 궁극적으로 여성의 사회적 진출과 함께 가족 모두가 행복해지는 방향으로 사회가 바뀔 수 있도록 노력하겠습니다." '일과 가정'이라는 두 마리 토끼를 모두 잡은 박명자 회장은 지역사회에 공헌할 수 있도록 배려해 주고, 버팀목이 되어준 가족에게 무한한 감사의 마음을 전했다. [아름다운 동행 : 열두 번째 주자 박명자 전국주부교실 경기도지부 회장. 2010년 01월 26일. 수원일보에서]

그간 많은 일을 해온 박명자 회장에게 남은 삶 또한 가족의 행운과 건강을 기원한다. 아울러 내 생애 가장 존경하고 신뢰하며 본받아야 할 분이고, 사회에 귀감이 될 분이라 확신하며 이 글을 올린다.